5

aufbau taschenbuch
AUFBAU VERLAGSGRUPPE

BORIS AKUNIN ist das Pseudonym des Moskauer Philologen, Kritikers, Essayisten und Übersetzers Grigori Tschchartischwili (geb. 1956). 1998 veröffentlichte er seine ersten Kriminalromane, die ihn in kürzester Zeit zu einem der meistgelesenen Autoren in Rußland machten. Heute genießt er in seiner Heimat geradezu legendäre Popularität. 2001 wurde er dort zum Schriftsteller des Jahres gekürt, seine Bücher, in 17 Sprachen übersetzt, wurden weltweit etwa 6 Millionen Mal verkauft. Mit seiner *Fandorin*-Serie erlangte er auch in Deutschland Kultstatus. Bei AtV erschienen: *Fandorin* (2001), *Türkisches Gambit* (2001), *Mord auf der Leviathan* (2002), *Der Tod des Achilles* (2002), *Die Schönheit der toten Mädchen* (2003), *Der Tote im Salonwagen* (2004), *Die Entführung des Großfürsten* (2004), *Der Magier von Moskau* (2005), *Die Liebhaber des Todes* (2005) und *Die Diamantene Kutsche* (2006).

»Ich spiele leidenschaftlich gern. Früher habe ich Karten gespielt, dann strategische Computerspiele. Schließlich stellte sich heraus, daß Krimis schreiben noch viel spannender ist als Computerspiele. Meine ersten drei Krimis habe ich zur Entspannung geschrieben ...«

Akunin in einem Interview
mit der Zeitschrift *Ogonjok*
www.akunin.ru

Im Hause des Moskauer Generalgouverneurs herrscht große Aufregung: Ein englischer Lord gibt vor, die Villa des Stadtoberhaupts gekauft zu haben, und verlangt, daß der Gouverneur, wie vereinbart, sofort ausziehe. Aber bald wird klar, daß er einem Betrüger aufgesessen ist, der unter dem Decknamen Pikbube in Moskau sein Unwesen treibt. Schon bei dessen nächstem Streich kommt Fandorin ihm auf die Schliche. Der gerissene Verwandlungskünstler weiß sich zu rächen, und das kann Fandorin natürlich nicht auf sich sitzen lassen. Doch jagt er einem Gauner hinterher, der ihm an Kombinationsgabe, Geistesgegenwart und Schnelligkeit ebenbürtig ist.

Boris Akunin

Russisches Poker

Fandorin ermittelt

Roman

Aus dem Russischen
von Renate und Thomas Reschke

Aufbau Taschenbuch Verlag

Die Originalausgabe unter dem Titel
Пиковый Валет
erschien 1998 bei Sacharow-AST, Moskau.

ISBN 978-3-7466-1764-0

Aufbau Taschenbuch ist eine Marke der Aufbau Verlagsgruppe GmbH

2. Auflage 2007

Umschlaggestaltung Torsten Lemme unter Verwendung der Gemälde
»La Demoiselle d'honneur«, 1883, von James Jaques Joseph Tissot
und »Der Student« von Nikolai Alexandrowitsch Jaroschenko
Druck und Binden Clausen & Bosse, Leck
Printed in Germany

www.aufbau-taschenbuch.de

Der »Pikbube« außer Rand und Band

Auf der ganzen weiten Welt gab es keinen unglücklicheren Menschen als Anissi Tulpow. Na, vielleicht irgendwo in Schwarzafrika oder Patagonien, aber in geringerer Entfernung kaum.

Urteilen Sie selbst. Erstens der Vorname. Haben Sie schon mal gehört, daß ein vornehmer Mann, Kammerjunker oder wenigstens Abteilungsvorsteher, Anissi geheißen hätte? Der Name roch ja förmlich nach ewigem Lämpchen, nach Pfaffentum.

Und der Nachname! Zum Totlachen. Diesen unglückseligen Namen hatte der Urgroßvater, ein dörflicher Küster, seiner Familie eingebrockt. Als Anissis Ahnherr das geistliche Seminarium besuchte, war der Vater Rektor auf die Idee verfallen, die mißtönenden Namen der künftigen Kirchendiener durch Gott wohlgefällige zu ersetzen. Um der Einfachheit und Bequemlichkeit willen benannte er einen Jahrgang der Seminaristen nach Kirchenfeiertagen, einen anderen nach Früchten, und der Jahrgang des Urgroßvaters hatte das Blumenjahr erwischt: Einer hieß fortan Hyazinthow, einer Balsaminow, einer Ranunkelow. Tulpow ging ja noch an, das war besser als womöglich Pusteblumow.

Aber der Name war noch nicht das Schlimmste. Erst das

Aussehen! Schon die Ohren: Sie starrten nach den Seiten wie Nachttopfhenkel. Wenn er sie mit der Schirmmütze andrückte, befreiten sie sich eigenwillig und standen ab, als wollten sie der Mütze von unten Halt geben, sie waren gar zu federnd und knorpelig.

Früher hatte Anissi manchmal lange vor dem Spiegel gestanden, hatte sich hin und her gedreht und die Haare, die er extra lang wachsen ließ, nach beiden Seiten gekämmt, um seine abstehenden Ohren zu verdecken. Und das half auch, zumindest eine Zeitlang. Als jedoch vor drei Jahren Pickel sein ganzes Gesicht übersäten, hatte Tulpow den Spiegel auf den Dachboden geräumt, denn er konnte seine widerliche Visage einfach nicht mehr sehen.

Er stand immer vor Tau und Tag auf, im Winter sogar zu nachtschlafender Zeit, denn er hatte einen weiten Weg zu seinem Dienst. Das Häuschen, das er von seinem Vater, dem Diakon, geerbt hatte, stand auf dem Nutzland des Pokrowski-Klosters, unweit des Spasskaja-Tors. Durch die Pustaja-Straße, über die Taganka, vorbei am verrufenen Chitrowka-Viertel hatte er zur Gendarmerieverwaltung eine gute Stunde stramm zu gehen. Und wenn, wie heute, leichter Frost herrschte und Glatteis war, dauerte es noch länger, denn in den verschlissenen Halbstiefeln und dem dünnen Mäntelchen kam er nicht gut voran. Die Zähne klapperten, und er dachte an bessere Zeiten zurück, an die sorglose Jugend, an seine Mutter, Gott hab sie selig.

Ein Jahr zuvor, als Anissi bei der Geheimpolizei anfing, war es viel leichter gewesen. Sein Gehalt betrug achtzehn Rubel plus Überstundengeld plus Nachtzuschläge, und manchmal kamen sogar noch Reisespesen dazu. So läpperten sich in manchen Monaten bis zu fünfunddreißig Rubelchen zusammen. Aber Tulpow, der Unglücksrabe, konnte sich auf dem einträglichen Posten nicht halten. Oberstleutnant Swertschinski persönlich erklärte ihn zu einem Versager und einem Blindgänger. Als erstes wurde ihm vorgeworfen, daß er seinen Beobachtungsposten verlassen hatte (und wie hätte er ihn nicht verlassen sollen, um kurz nach Hause zu laufen, wo seine Schwester Sonja seit dem Morgen noch nichts zu essen bekommen hatte?). Doch am schlimmsten war, daß er eine gefährliche Revolutionärin entwischen ließ. Während eines Einsatzes zwecks Aufhebung einer konspirativen Wohnung stand er auf dem Hinterhof, nur für alle Fälle, zur Absicherung, denn da er noch sehr jung war, hatten sie ihn zur Festnahme nicht eingesetzt. Und da mußte es geschehen, daß den Verhaftern, gewiegten Bullen, Meistern ihres Fachs, eine kleine Studentin entschlüpfte. Anissi sah ein Fräulein mit Brille auf sich zugelaufen kommen, das Gesicht verstört, verzweifelt. Er rief »Halt!«, konnte sich aber nicht entschließen zuzugreifen – gar zu dünne Ärmchen hatte das Fräulein. Er stand da wie ein Ölgötze und glotzte ihr hinterher, stieß nicht mal in seine Pfeife.

Für dieses himmelschreiende Versäumnis wollten sie ihn gänzlich aus dem Dienst kanten, aber sein Vorgesetzter erbarmte sich des Waisenjungen und degradierte ihn nur zum Botengänger. Damit hatte Anissi nun einen winzigen Posten inne, geradezu schmählich für einen gebildeten Menschen, der fünf Klassen der Realschule absolviert hatte. Vor allem gab es da keinerlei Hoffnung. Nun würde er sein Leben lang als armseliger Bote herumlaufen müssen, ohne einen besseren Rang erreichen zu können.

Mit zwanzig sich selbst aufgeben zu müssen ist für jedermann bitter, und das hat nicht einmal was mit Ehrgeiz zu tun. Aber mit zwölfeinhalb Rubeln auszukommen, das versuche mal einer. Anissi selbst brauchte ja nicht viel, aber wie sollte er Sonja erklären, daß die Karriere ihres jüngeren Bruders gescheitert war? Sie wollte Butter essen und Quark, und auch mit was Süßem mußte er sie dann und wann verwöhnen. Und das Feuerholz kostete heuer drei Rubel das Klafter. Sonja war zwar schwachsinnig, doch wenn sie fror, stieß sie unartikulierte Laute aus und weinte.

Anissi, bevor er aus dem Hause rannte, wechselte der Schwester noch rasch das nasse Zeug. Sie machte die Ferkeläuglein einen Spalt auf, lächelte dem Bruder verschlafen zu und lispelte: »Nissi, Nissi!«

»Bleib ruhig liegen, Dummchen, mach keinen Blödsinn«, befahl Anissi ihr mit gespielter Strenge, während er den schweren schlafheißen Körper umdrehte. Er legte die vereinbarte Zehnkopekenmünze auf den Tisch, für die Nachbarin Sytschicha, die nach Sonja zu sehen pflegte. Dann kaute er hastig einen harten Kringel, trank kalte Milch und eilte hinaus ins Dunkle, ins Schneetreiben.

Während Anissi über die verschneite Ödfläche zur Taganka lief und aller naselang ausglitt, tat er sich selber leid. Er war arm, häßlich und unbegabt, und obendrein hing ihm Sonja als lebenslange Last am Halse. Er war dazu verurteilt, weder Frau und Kinder noch ein gemütliches Heim zu haben.

Als er an der Kirche Aller Leidtragenden vorbeikam, bekreuzigte er sich wie gewohnt vor dem ewigen Lämpchen der Gottesmutter-Ikone. Diese Ikone hatte er schon als Kind geliebt, sie hing nicht im Warmen und Trockenen, sondern an der Außenwand, jeder Witterung ausgesetzt, nur ein kleines Schutzdach beschirmte sie gegen Regen und Schnee, und weiter oben war ein Holzkreuz. Das Flämmchen ging niemals aus, es brannte in einem Glas und war schon von weitem zu sehen. Das war wohltuend, zumal bei Kälte, Finsternis und Windgeheul.

Aber was war das Weiße da auf dem Kreuz?

Eine weiße Taube! Saß da, putzte mit dem Schnabel ihr Gefieder, und der Sturm machte ihr nichts aus. Anissis Mutter selig hatte sich mit Vorzeichen bestens ausgekannt, und von ihr wußte er, daß eine weiße Taube auf einem Kreuz Glück und eine unerwartete Freude verheißt. Nur, wo sollte das Glück herkommen?

Der Schneesturm fegte über die Erde. Es war scheußlich kalt.

Aber der Arbeitstag fing wirklich gar nicht so schlecht an. Der Kollegienregistrator Jegor Semjonowitsch, der die Botenmeisterei leitete, warf einen Blick auf Anissis Mäntelchen, schüttelte sein graues Haupt und erteilte ihm einen guten, weil warmen Auftrag. Tulpow brauchte nicht in alle Ecken und Enden der riesigen, winddurchheulten Stadt zu laufen, sondern nur einen Aktendeckel mit Berichten und

Dokumenten zu Herrn Hofrat Erast Petrowitsch Fandorin zu bringen, dem Beamten für Sonderaufträge bei Seiner Erlaucht dem Generalgouverneur. Hinzubringen und zu warten, ob der Herr Hofrat nicht eine Rückantwort mitzugeben habe.

Das war nicht weiter schwierig. Anissi schöpfte Mut und schaffte die Akte in Windeseile hin, er kam nicht einmal dazu zu frieren. Herr Fandorin logierte gleich um die Ecke, in der Kleinen Nikitskaja, in einem eigenen Seitenflügel auf dem Besitz des Barons von Ewert-Kolokolzew.

Anissi vergötterte seit langem Herrn Fandorin. Von weitem, zaghaft, ehrfurchtsvoll, ohne jede Hoffnung, von dem großen Mann jemals wahrgenommen zu werden. Der Hofrat Fandorin genoß in der Gendarmerieverwaltung eine besondere Reputation, obwohl er einer anderen Behörde angehörte. Seine Exzellenz der Moskauer Polizeipräsident Jefim Baranow, der im Range eines Generalleutnants stand, fand gleichwohl nichts Anstößiges dabei, den Beamten für Sonderaufträge um einen vertraulichen Rat anzugehen oder ihn sogar um eine Protektion zu ersuchen.

Kein Wunder, denn jeder, der sich ein bißchen in der großen Moskauer Politik auskannte, wußte, daß das Oberhaupt der Residenzstadt, Fürst Wladimir Andrejewitsch Dolgorukoi, den Hofrat schätzte und auf seine Meinung hörte. So mancherlei wurde über den Herrn Fandorin gemunkelt, zum Beispiel daß er über die besondere Gabe verfüge, jeden Menschen zu durchschauen und jedes noch so geheimnisvolle Geheimnis blitzschnell zu enträtseln.

Der Hofrat Fandorin war das Auge des Generalgouverneurs in allen geheimen Moskauer Angelegenheiten, die der Polizei und der Gendarmerie zur Kenntnis gelangten. Darum erhielt er allmorgendlich von Generalleutnant Baranow und aus der Gendarmerieverwaltung die notwendigen Informationen – gewöhnlich ins Haus des Generalgouverneurs in der Twerskaja-Straße, manchmal aber auch nach Hause, denn er konnte sich seine Zeit selber einteilen und, wenn er es wünschte, auch mal dem Amt fernbleiben.

Eine so bedeutende Person war Herr Fandorin, doch er gab sich einfach und ohne Anmaßung. Anissi hatte ihm schon zweimal Sendungen in die Twerskaja gebracht und war hingerissen von der umgänglichen Art des einflußreichen Mannes, der einen kleinen Untergebenen nicht demütigte, sondern höflich behandelte, mit »Sie« anredete und ihm sogar einen Platz anbot.

Auch war es sehr interessant, aus der Nähe den Mann zu sehen, über den in Moskau wahrhaft phantastische Gerüchte umliefen. Man sah sofort – ein besonderer Mensch. Das Gesicht schön, glatt, jung, die schwarzen Haare an den Schläfen stark ergraut. Die Stimme ruhig, leise, leicht stotternd, jedes Wort wohlüberlegt. Man merkte ihm an, daß er nicht gewohnt war, sich zu wiederholen. Wirklich ein beeindruckender Herr!

Im Hause des Hofrats war Anissi Tulpow noch nicht gewesen. Stockenden Herzens durchschritt er das feingittrige Tor mit der eisernen Krone und näherte sich dem eleganten eingeschossigen Seitenflügel. Ein so ungewöhnlicher Mann mußte eine besondere Behausung haben.

Er drückte den Knopf der elektrischen Klingel. Den

ersten Satz hatte er sich schon zurechtgelegt: »Kurier Tulpow von der Gendarmerieverwaltung zu Seiner Hochwohlgeboren mit Papieren.« Rasch schob er noch das widerspenstige rechte Ohr unter die Schirmmütze.

Die geschnitzte Eichentür öffnete sich. Auf der Schwelle stand ein kleingewachsener, kräftig gebauter Asiat mit schmalen Äuglein, dicken Wangen und storrem schwarzem Bürstenhaar. Er trug eine grüne Livree mit Goldstickerei und dazu sonderbarerweise Strohsandalen. Den Besucher mißtrauisch musternd, fragte er: »Was wollnse?«

Aus der Tiefe des Hauses tönte eine wohlklingende Frauenstimme: »Masa, wie oft soll ich dir das noch sagen: Es heißt nicht ›was wollnse‹, sondern ›was wünschen Sie‹?«

Der Asiat schielte böse nach hinten und knurrte Anissi widerwillig an: »Was wünssen Sie?«

»Kurier Tulpow von der Gendarmerieverwaltung zu Seiner Hochwohlgeboren mit Papieren«, meldete Anissi eilig.

»Komm hinein.« Der Diener machte ihm Platz.

Anissi betrat eine geräumige Diele, sah sich neugierig um und war im ersten Moment enttäuscht: Es fehlte der ausgestopfte Bär mit dem Silbertablett für die Visitenkarten, und was war eine herrschaftliche Wohnung ohne den Bären? Oder bekam der Beamte für Sonderauträge keine Besuche?

Aber trotz des fehlenden Bären war die Diele wunderhübsch ausgestattet. In der Ecke stand ein Glasschrank, darin eine sonderbare Rüstung aus lauter Metallplättchen mit einem verschlungenen Monogramm auf dem Brustharnisch und einem Helm, gehörnt wie ein Käfer.

Aus der Tür zu den inneren Gemächern, zu denen der Kurier selbstverständlich keinen Zutritt hatte, blickte eine Dame von außergewöhnlicher Schönheit. Sie trug einen bodenlangen rotseidenen Morgenmantel, ihr üppiges dunkles Haar war zu einer ausgeklügelten Frisur hochgesteckt, der schlanke Hals war nicht verhüllt, die mit zahlreichen Ringen geschmückten weißen Hände kreuzten sich vor der hohen Brust. Ihre großen schwarzen Augen blickten Anissi enttäuscht an, und sie rümpfte ein wenig die klassische Nase, als sie rief: »Erast, du hast Besuch. Von deinem Amt.«

Anissi wunderte sich ein bißchen, daß der Hofrat verheiratet war, obwohl doch eigentlich nicht erstaunlich war, daß solch ein Mann eine schöne Gattin hatte, mit königlicher Haltung und hochmütigem Blick.

Madame Fandorina gähnte aristokratisch, ohne die Lippen zu öffnen, und verschwand hinter der Tür. Gleich darauf erschien Herr Fandorin in der Diele.

Er trug ebenfalls einen Hausmantel, aber nicht in Rot, sondern in Schwarz, mit Troddeln und einem Seidengürtel.

»Guten Tag, Herr T-Tulpow«, sagte der Hofrat, dabei fingerte er einen Rosenkranz aus grünen Nephritperlen. Anissi war starr vor Freude, er hätte nie gedacht, daß Fandorin sich an ihn erinnerte, zumal an seinen Namen. Was mochten ihm nicht alles für Laufburschen Briefe zustellen, aber siehe da!

»Was bringen Sie? Geben Sie her. Kommen Sie in den Salon und nehmen Sie solange Platz. Masa, nimm Herrn Tulpow den M-Mantel ab.«

Anissi trat schüchtern in den Salon. Er wagte nicht, Umschau zu halten, sondern setzte sich bescheiden auf die

Kante eines mit blauem Samt bezogenen Stuhls und riskierte erst nach einiger Zeit verstohlene Blicke.

Das Zimmer war interessant: An allen Wänden hingen bunte japanische Gravüren, die, wie Anissi wußte, derzeit sehr in Mode waren. Ferner sah er Papierrollen mit Hieroglyphen und auf einem lackierten Holzsockel zwei Krummsäbel, der eine länger, der andere etwas kürzer.

Der Hofrat raschelte mit den Papieren und markierte ab und zu etwas mit seinem goldenen Bleistift. Seine Gattin stand, ohne die beiden Männer zu beachten, am Fenster und blickte gelangweilt in den Garten.

»Mein Lieber«, sagte sie auf französisch, »warum fahren wir nie irgendwohin? Das ist doch so nicht auszuhalten. Ich will ins Theater, ich will auf einen Ball.«

»Sie haben doch selber g-gesagt, Addy, das schickt sich nicht«, antwortete Fandorin und blickte von seinen Papieren auf. »Wir könnten Ihre Petersburger Bekannten treffen. Das wäre peinlich. Mir kann es ja egal sein.«

Er warf einen Blick auf Tulpow, der errötete. Schließlich konnte er nichts dafür, daß er, wenn auch mehr schlecht als recht, französisch verstand.

Also war die schöne Dame keineswegs Madame Fandorina.

»Ach, verzeih, Addy«, sagte Fandorin auf russisch. »Ich habe dir noch gar nicht Herrn Tulpow vorgestellt. Er arbeitet in der Gendarmerieverwaltung. Und dies ist die Gräfin Ariadna Arkadjewna Opraxina, eine gute B-Bekannte.«

Es dünkte Anissi, daß der Hofrat ein wenig druckste, als wüßte er nicht recht, wie er die Schöne bezeichnen sollte. Aber das lag vielleicht nur daran, daß er leicht stotterte.

»O Gott!« seufzte Gräfin Addy mit Leidensmiene und verließ eilig das Zimmer.

Gleich darauf erscholl ihre Stimme: »Masa, laß sofort meine Natalia in Ruhe! Marsch in dein Zimmer, du Schlampe! Das ist ja nicht auszuhalten!«

Fandorin seufzte auch und vertiefte sich wieder in seine Papiere.

Da ertönte die Klingel, aus der Diele kamen gedämpfte Stimmen, und dann galoppierte der Asiat in den Salon.

Er trompetete etwas in einer unverständlichen Mundart, aber Fandorin hieß ihn mit einer Geste schweigen.

»Masa, ich habe dir gesagt, wenn Gäste da sind, sollst du nicht japanisch mit mir reden, sondern russisch.«

Anissi, zum Gast befördert, reckte sich und starrte den Diener neugierig an: Kunststück, ein echter Japaner!

»Von Wedissew-san«, meldete Masa kurz.

»Von Wedistschew? Frol G-Grigorjewitsch? Ich lasse bitten.«

Wer Frol Wedistschew war, wußte Anissi: eine bekannte Persönlichkeit, genannt die Graue Eminenz. Von klein auf diente er dem Fürsten Dolgorukoi, zuerst als Bursche und Lakai und in den letzten zwanzig Jahren als persönlicher Kammerdiener, seit der Fürst die alte Residenzstadt in seine zupackenden Hände genommen hatte. Man konnte den Kammerdiener für einen kleinen Fisch halten, aber es war bekannt, daß der blitzgescheite und vorsichtige Dolgorukoi keinen wesentlichen Entschluß faßte, ohne sich mit dem treuen Frol beraten zu haben. Wer Seiner Erlaucht eine wichtige Bittschrift überreichen wollte, tat gut daran, sich

Frol Wedistschew geneigt zu machen, dann war das Spiel schon halb gewonnen.

In den Salon trat, besser, rannte ein robuster kleiner Mann in der Livree des Generalgouverneurs und ratterte schon von der Schwelle: »Euer Hochwohlgeboren, Frol Grigorjewitsch bitten Sie zu sich! Sie möchten ungesäumt kommen! Ein Tohuwabohu bei uns, Erast Petrowitsch, das reinste Irrenhaus! Frol Grigorjewitsch meinen, ohne Sie kommen wir nicht weiter! Ich bin mit dem Schlitten des Fürsten da, wir sind im Nu dort!«

»Ein Tohuwabohu?« fragte der Hofrat stirnrunzelnd, stand aber bereits auf und warf den Hausmantel ab. »Na schön, fahren wir, s-sehen wir's uns an.«

Unter dem Hausmantel trug er ein weißes Hemd mit schwarzem Halstuch.

»Masa, Weste und Gehrock, hurtig!« rief er und schob die Papiere zurück in die Mappe. »Und Sie, Tulpow, müssen mitfahren. Unterwegs lese ich zu Ende.«

Anissi war bereit, mit Seiner Hochwohlgeboren sonstwohin zu fahren, was er durch hastiges Aufspringen demonstrierte. Nie hätte sich der kleine Botengänger träumen lassen, daß er mal im Schlitten des Generalgouverneurs sitzen würde.

Es war ein vornehmes Gefährt – eine veritable Kutsche auf Kufen. Innen mit Atlas ausgeschlagen, die Sitze aus Juchtenleder und in der Ecke ein Öfchen mit bronzenem Rauchabzug, freilich nicht geheizt.

Der Lakai stieg auf den Bock, und die vier flotten Traber zogen munter an.

Anissi wurde sanft gewiegt auf dem für edlere Gesäße bestimmten weichen Sitz, und er dachte: Das glaubt mir kein Mensch!

Herr Fandorin erbrach krachend das Siegel einer Depesche. Er runzelte die hohe reine Stirn. Wie gut er aussieht, dachte Tulpow ohne Neid, mit aufrichtiger Begeisterung und beobachtete verstohlen, wie der Hofrat an seinem Schnurrbärtchen zupfte.

Sie erreichten binnen fünf Minuten das große Haus in der Twerskaja. Der Schlitten bog nicht nach links zu den Amtsräumen, sondern nach rechts zur Paradeauffahrt und den persönlichen Gemächern des »Großen Fürsten von Moskau«, wie der allmächtige Wladimir Dolgorukoi genannt wurde.

»Sie müssen schon entschuldigen, Tulpow«, sagte Fandorin schnell, während er den Schlag öffnete, »aber ich kann Sie noch nicht gehen lassen. Nachher schreibe ich ein paar Zeilen für den O-Oberst. Ich will mir nur erst mal das ›Tohuwabohu‹ angucken.«

Anissi stieg ebenfalls aus und folgte Fandorin in den Marmorpalast, doch hier blieb er schüchtern ein wenig zurück, als er den respektablen Portier mit dem vergoldeten Stab sah. Er hatte schreckliche Angst, gedemütigt zu werden – Herr Fandorin ließ ihn womöglich am Fuß der Treppe zurück wie einen Hund. Aber er überwand seinen Stolz und war bereit, dem Hofrat zu vergeben: Wie konnte der einen Menschen in einem so schäbigen Mäntelchen und mit gebrochenem Mützenschirm mitnehmen in die Gemächer des Generalgouverneurs?

»Wo bleiben Sie denn?« rief Fandorin und drehte sich auf halber Treppe ungeduldig um. »Nun kommen Sie schon! Sie sehen doch, was das hier für ein Hexenkessel ist.«

Anissi merkte erst jetzt, daß im Hause des Generalgouverneurs tatsächlich Außergewöhnliches vorging. Auch der würdevolle Portier machte, sah man genauer hin, einen weniger respektablen als vielmehr bestürzten Eindruck. Flinke Männer trugen von draußen Truhen, Körbe und Kisten ins Vestibül, auf denen ausländische Buchstaben zu erkennen waren. Sollte umgezogen werden?

Anissi holte mit ein paar Sätzen den Hofrat ein und hielt sich von nun an zwei Schritte hinter ihm, dazu mußte er freilich in einen unsoliden Trab verfallen, denn der Hofrat hatte einen forschen Gang.

Ach, schön war es in der Residenz des Generalgouverneurs! Fast wie in einem Gotteshaus: farbige Säulen (aus Porphyr vielleicht?), Brokatportieren, Statuen griechischer Göttinnen. Und die Kronleuchter! Und die goldgerahmten Bilder! Und das spiegelblanke Intarsienparkett!

Anissi drehte sich um und sah, daß seine schmählichen Halbstiefel nasse Schmutzspuren auf dem wunderbaren Fußboden hinterließen. O Gott, hoffentlich bemerkte das niemand!

In einem geräumigen Saal, in dem keine Menschenseele war, aber Sessel längs der Wände standen, sagte der Hofrat: »Sie können sich hier hinsetzen. Und halten Sie derweil die M-Mappe.«

Er selbst ging auf eine hohe goldverzierte Tür zu, doch die tat sich plötzlich auf. Zuerst drang erregtes Stimmengewirr heraus, dann kamen vier Männer in den Saal: ein stattlicher General, ein lang aufgeschossener, unrussisch aussehender Herr in kariertem Pelerinenmantel, ein hagerer kahlköpfiger Greis mit gewaltigem Backenbart und ein bebrillter Beamter in Ziviluniform.

In dem General erkannte Anissi den Fürsten Dolgorukoi persönlich, und er nahm erbebend Haltung an.

Aus der Nähe betrachtet, wirkte Seine Erlaucht nicht so jung und frisch, wie wenn man ihn aus der Menge sah: Das Gesicht zeigte tiefe Falten, die Locken waren unnatürlich üppig, und der lange Schnauzbart und der Backenbart waren gar zu kastanienbraun für seine fünfundsiebzig Jahre.

»Ah, Erast Petrowitsch, Sie kommen gerade richtig!« dröhnte der Generalgouverneur. »Sein Französisch ist so miserabel, daß man kein Wort versteht, und russisch kann er überhaupt nicht. Sie können doch englisch, also erklären Sie mir, was er von mir will! Wer hat den überhaupt reingelassen? Eine geschlagene Stunde rede ich mit ihm, und alles umsonst!«

»Euer Hohe Exzellenz, wie sollte ich ihn nicht reinlassen, wenn er ein Lord ist und bei Ihnen aus und ein geht!« piepste der Bebrillte weinerlich und wohl nicht zum erstenmal. »Wie konnte ich wissen …«

Nun meldete sich auch der Engländer zu Wort; an den neuen Besucher gewandt, schwenkte er empört ein mit vielen Siegeln bedecktes Papier. Fandorin dolmetschte leidenschaftslos: »Das ist ein schmutziges Spiel, in zivilisierten Ländern macht man dergleichen nicht. Ich war gestern bei diesem alten Herrn, er hat die Kaufurkunde für das Haus unterschrieben, und wir haben den Vertrag durch Händedruck bekräftigt. Und jetzt auf einmal will er nichts mehr davon wissen. Sein Enkel, Mister Speyer, sagte, der alte Gentleman übersiedle in das Haus für Veteranen der napoleonischen Kriege, dort werde er es bequemer haben, denn die Pflege sei gut dort, und deshalb stehe diese Villa hier zum Verkauf. Solche Unbeständigkeit macht ihm keine Ehre, besonders wenn der Kaufpreis bereits gezahlt ist. Und nicht wenig Geld, hunderttausend Rubel. Hier ist der Kaufbrief!«

»Der fuchtelt schon die ganze Zeit mit dem Wisch herum, gibt ihn aber nicht aus der Hand«, bemerkte der kahlköpfige Greis, der bislang geschwiegen hatte. Das mußte Frol Grigorjewitsch Wedistschew sein.

»Ich soll der Großvater von Speyer sein?« stammelte der Fürst. »Ich ins Veteranenheim?«

Der Beamte hatte sich von hinten an den Engländer herangeschlichen, er stellte sich auf die Zehenspitzen und linste auf das geheimnisvolle Papier.

»Wirklich, hunderttausend, und vom Notar beglaubigt«, bestätigte er. »Auch die Adresse stimmt: Twerskaja, Haus des Fürsten Dolgorukoi.«

Fandorin fragte: »Wladimir Andrejewitsch, wer ist Speyer?«

Der Fürst wischte sich mit einem Tuch die puterrote Stirn und breitete die Arme aus.

»Speyer ist ein sehr netter junger Mann. Mit vorzüglichen Empfehlungen. Er wurde mir auf dem Weihnachtsball vorgestellt, von ... äh ... von wem? Jetzt weiß ich's wieder! Nicht auf dem Ball! Ich bekam einen Brief von Seiner Hoheit dem Herzog von Sachsen-Limburg. Speyer ist ein famoser, höflicher junger Mann mit einem goldenen Herzen und dabei unglücklich. Er hat an dem Kuschk-Feldzug teilgenommen, erlitt eine Rückgratverletzung und kann seitdem nicht mehr gehen. Er bewegt sich in einem Rollstuhl vorwärts, läßt aber den Mut nicht sinken. Er widmet sich der Wohltätigkeit, sammelt Spenden für Waisenmädchen und spendet selbst erhebliche Beträge. Gestern früh war er mit diesem verrückten Engländer hier und sagte, es sei der bekannte britische Philanthrop Pitsbrook. Er bat mich um die Erlaubnis, dem Engländer die Villa zu zeigen, da der Lord ein Kenner und Liebhaber von Architektur sei. Hätte ich dem armen Speyer solch eine Lappalie abschlagen sollen? Hier, Innokenti ist mitgegangen.« Dolgorukoi zeigte verdrossen auf den Beamten, der hilflos die Achseln zuckte.

»Euer Hohe Exzellenz, woher sollte ich wissen … Sie haben doch selber angeordnet, ich solle aufs liebenswürdigste …«

»Sie haben Lord P-Pitsbrook die Hand gedrückt?« fragte Fandorin, und Anissi kam es so vor, daß in den Augen des Hofrats ein Fünkchen blitzte.

»Gewiß doch.« Der Fürst zog die Schultern hoch. »Speyer hat ihm vorher etwas auf englisch über mich erzählt, worauf der Lange mir freudestrahlend die Hand entgegenstreckte.«

»Und haben Sie vorher irgendein Papier unterschrieben?«

Der Generalgouverneur überlegte stirnrunzelnd.

»Ja. Speyer bat mich, eine Grußadresse an das neu eröffnete Katharinen-Stift zu unterzeichnen. Es ist wahrlich eine edle Sache, minderjährige gefallene Mädchen umzuerziehen. Aber eine Kaufurkunde habe ich nicht unterschrieben! Sie kennen mich, mein Lieber, ich lese aufmerksam alles, was ich unterschreibe.«

»Und wo hat er die Grußadresse hingetan?«

»Ich glaube, er hat sie dem Engländer gezeigt, etwas gesagt und sie dann in eine Mappe gelegt. Die hatte er in seinem Rollstuhl.« Dolgorukois ohnehin drohendes Gesicht wurde finster wie eine Gewitterwolke. »Ah, merde! Sollte etwa ...«

Fandorin sprach den Lord auf englisch an und schien bei dem Sohn Albions auf Vertrauen zu stoßen, denn der gab ihm das geheimnisvolle Papier zu lesen.

»In aller Form aufgesetzt«, murmelte der Hofrat, nachdem er das Blatt überflogen hatte. »Das W-Wappensiegel ist da, auch der Stempel der Notariatskanzlei Möbius, die Unterschrift ... Aber was ist das?«

Fandorins Gesicht spiegelte Fassungslosigkeit.

»Wladimir Andrejewitsch, schauen Sie! Die Unterschrift!«

Der Fürst nahm das Dokument angewidert wie eine Kröte in die Hand und hielt es von seinen weitsichtigen Augen weg. Und las laut: »›Pikbube‹ ... Erlauben Sie mal, was soll das heißen?«

»Ach sooo ...«, sagte Wedistschew langgedehnt. »Dann ist alles klar. Schon wieder der ›Pikbube‹. Na, weit haben wir's gebracht, du meine himmlische Königin!«

»›Pikbube‹?« Der Fürst konnte es noch immer nicht fassen. »Aber so heißt doch eine Betrügerbande! Das sind die

Leute, die letzten Monat dem Bankier Poljakow seine eigenen Traber verkauft haben. Und dem Kaufmann Winogradow haben sie Weihnachten geholfen, im Flüßchen Setuni Goldsand zu waschen. Baranow hat es mir gemeldet. Wir müssen die Übeltäter finden, hat er gesagt. Da habe ich noch gelacht ... Sollten die es gewagt haben, mich ... mich ... Dolgorukoi ...?« Der Generalgouverneur riß den goldgestickten Kragen auf, und sein Gesicht wurde so furchteinflößend, daß Anissi den Kopf zwischen die Schultern zog.

Wedistschew hüpfte wie ein aufgestörtes Huhn zu dem ergrimmten Fürsten und kakelte: »Wladimir Andrejewitsch, Alter schützt vor Torheit nicht, was hilft das Grämen! Ich gebe Ihnen gleich Baldriantropfen und hole den Arzt, damit er Sie zur Ader läßt! Innokenti, einen Stuhl!«

Anissi war schneller mit einem Stuhl bei dem Fürsten. Der erregte Generalgouverneur wurde auf das Polster gesetzt, wollte aber immer wieder hoch und stieß den Kammerdiener weg.

»Wie einen Krämer! Bin ich ein kleiner Junge oder was? Denen zeig ich's, von wegen Veteranenheim!« schrie er nicht sehr zusammenhängend. Wedistschew ließ beruhigende Laute hören und streichelte einmal sogar Seine Erlaucht über die gefärbten, vielleicht sogar unechten Locken.

Der Generalgouverneur wandte sich Fandorin zu und sagte kläglich: »Erast Petrowitsch, mein Freund, was geht bloß vor? Diese Räuber sind ja außer Rand und Band! Sie beleidigen, erniedrigen, verhöhnen ganz Moskau in meiner Person! Bringen Sie die Polizei und die Gendarmerie auf Trab, aber fangen Sie die Halunken! Vor Gericht mit ihnen!

Nach Sibirien! Sie schaffen das doch, mein Bester! Betrachten Sie das ab jetzt als Ihre Hauptaufgabe und als meinen persönlichen Wunsch. Baranow allein wird damit nicht fertig, er soll Ihnen helfen.«

»Nicht die Polizei«, sagte der Hofrat, und in seinen blauen Augen blitzten keine Fünkchen mehr, das Gesicht zeigte nur Besorgnis um die Autorität der Macht. »Wenn sich das herumspricht, lacht die ganze Stadt sich sch-schief. Das dürfen wir nicht zulassen.«

»Erlauben Sie mal«, brauste der Fürst wieder auf. »Sollen wir sie vielleicht gewähren lassen, diese ›Pikbuben‹?«

»Keineswegs. Ich übernehme diese S-Sache. Aber vertraulich, ohne es an die große Glocke zu hängen.« Fandorin überlegte ein wenig und fuhr dann fort: »Lord Pitsbrook wird man das Geld aus der Staatskasse zurückzahlen müssen, auch sich entschuldigen. Aber kein Wort von dem ›Pikbuben‹. Es sei ein Mißverständnis. Der Enkel habe eigenmächtig gehandelt.«

Als der Engländer seinen Namen hörte, stellte er dem Hofrat eine beunruhigte Frage, der antwortete kurz und wandte sich dann wieder an den Generalgouverneur: »Frol Grigorjewitsch soll sich was Glaubhaftes für die Dienerschaft einfallen lassen. Ich mache mich auf die Suche.«

»Wollen Sie die Gauner denn ganz allein suchen?« fragte der Kammerdiener zweifelnd.

»Ja, es wird schwierig. Aber wir dürfen den Kreis der Eingeweihten nicht vergrößern.«

Fandorin warf einen Blick auf den bebrillten Sekretär, den der Fürst »Innokenti« genannt hatte, und schüttelte den

Kopf. Innokenti eignete sich wohl nicht als Helfer. Dann drehte sich der Hofrat zu Anissi um, und der erstarrte, da er sich seiner Unscheinbarkeit bitter bewußt war: jung, dürr, pickelig und mit abstehenden Ohren.

»Ich … Ich werde stumm sein«, stammelte er. »Ehrenwort.«

»Wer ist denn das?« bellte Seine Erlaucht, der wohl erst jetzt die klägliche Figur des Botengängers wahrnahm. »Wieso ist er hier?«

»Das ist Tulpow«, erklärte Fandorin. »Aus der Gendarmerieverwaltung. Ein erfahrener Agent. Er wird mir h-helfen.«

Der Fürst musterte den sich duckenden Anissi und zog drohend die Augenbrauen zusammen.

»Paß mir auf, Tulpow. Wenn du nützlich bist, mache ich einen Menschen aus dir. Aber wenn du Mist machst, zerstoß ich dich zu Pulver.«

Als Fandorin und der verstörte Anissi zur Treppe gingen, hörten sie noch Wedistschew sagen: »Wladimir Andrejewitsch, wie Sie meinen, aber die Staatskasse ist leer. Der Engländer wird sich mit der Entschuldigung begnügen müssen.«

Draußen wartete eine weitere Überraschung auf Anissi Tulpow.

Der Hofrat zog die Handschuhe an und fragte plötzlich: »Stimmt es, daß Sie Ihre kranke Schwester versorgen und sich geweigert haben, sie in staatliche Obhut zu geben?«

Eine solche Informiertheit über seine häuslichen Umstände hätte Anissi nicht erwartet, aber da er ohnehin fassungslos war, wunderte er sich weniger, als es angezeigt gewesen wäre.

»In staatliche Obhut, das geht nicht«, erklärte er. »Dort würde sie hinsiechen. Das Dummchen ist sehr an mich gewöhnt.«

Und da erschütterte Fandorin ihn vollends.

»Ich beneide Sie«, sagte er seufzend. »Sie sind ein glücklicher Mensch, Tulpow. In so jungen Jahren haben Sie schon etwas, worauf Sie stolz sein k-können. Gott hat Ihnen fürs ganze Leben einen Angelpunkt gegeben.«

Anissi war noch dabei, den Sinn dieser seltsamen Worte zu ergründen, da fuhr der Hofrat schon fort: »Um die Schwester brauchen Sie sich nicht zu sorgen. Für die Dauer der Untersuchung stellen Sie eine Pflegerin ein, natürlich auf Staatskosten. Ab sofort halten Sie sich bis zum Abschluß des Falls ›Pikbube‹ zu meiner Verfügung. Wir werden zusammenarbeiten. Ich hoffe, Sie werden sich nicht l-langweilen.«

Da ist sie, die unerwartete Freude, dachte Anissi plötzlich. Da ist es, das Glück!

Danke, weiße Taube!

Lebenswissenschaft nach Momus

Seinen Namen hatte er in den letzten Jahren so oft gewechselt, daß er den Namen, mit dem er zur Welt gekommen war, schon fast vergessen hatte. Er selbst nannte sich seit längerem Momus.

»Momus«, das ist der altgriechische Spötter und Meckerer, Sohn der Nyx, der Göttin der Nacht. In dem Wahrsagespiel »Ägyptische Pythia« ist es der Name des Pikbuben, einer bösen Karte, die eine Begegnung mit einem höhnischen Dummkopf oder einen üblen Scherz der Fortuna verheißt.

Momus liebte die Karten und schätzte sie hoch, aber an die Wahrsagerei glaubte er nicht. Für ihn hatte der gewählte Name einen ganz anderen Sinn.

Jeder Sterbliche spielt bekanntlich Karten mit dem Schicksal. Die Verteilung der Karten hängt nicht vom Menschen ab, sie ist reine Glückssache: Der eine bekommt nur Trümpfe, der andere Zweien und Dreien. Momus hatte von der Natur mittlere Karten bekommen, man kann sagen, ein Mistblatt, Zehnen und Buben. Doch ein guter Spieler weiß auch damit zu kämpfen. Momus sah sich selbst mit nüchternen Augen: Ein As war er nicht, auch kein König, aber auch keine Lusche. Also ein Bube. Wiederum kein langweiliger Kreuzbube, auch kein wohlanständiger Karobube oder, Gott behüte, ein sabbernder Herzbube, nein, ein besonderer, der Pikbube.

In früher Kindheit hatte die Redensart von den zwei Hasen Momus keine Ruhe gelassen. Warum, so fragte er sich, kann man nicht zwei auf einmal fangen? Warum sollte man auf einen verzichten? Der kleine Momus (damals noch nicht Momus, sondern Mitja Sawwin) wollte sich damit nicht abfinden. Und er behielt recht. Die dumme Redensart war etwas für Faule und Stumpfsinnige. Momus hatte schon mit einem Schlag nicht nur zwei, sondern mehrere graue Langohren erwischt. Dafür hatte er seine eigene psychologische Theorie.

Viele Wissenschaften haben Menschen sich ausgedacht, die meisten nützen dem Normalbürger gar nichts, aber die Leute schreiben Abhandlungen, Magister- und Doktorarbeiten, werden Mitglieder von Akademien. Momus hatte schon von klein auf mit der Haut, den Knochen, der Milz gefühlt, daß die wichtigste Wissenschaft nicht die Mathematik oder so was wie Latein war, sondern die *Fähigkeit zu gefallen*. Das war der Schlüssel, der jedes Türchen öffnete. Sonderbar nur, daß diese oberste Wissenschaft von Erziehern und Gymnasiallehrern nicht gelehrt wurde. Ihre Gesetze mußte jeder selber ergründen.

Das aber, wenn er's recht bedachte, kam ihm durchaus entgegen. Das Talent für diese Wissenschaft hatte sich bei ihm früh gezeigt, und daß andere deren Vorzüge nicht erkannten – Gott sei gepriesen.

Gewöhnliche Menschen urteilten so: Gefalle ich anderen – gut, gefalle ich ihnen nicht – was soll ich machen, mit

Gewalt wird man nicht beliebt. Doch, dachte der heranwachsende Mitja, wird man, und wie. Wenn man jemandem gefallen, einen Schlüssel zu ihm gefunden hat, gehört er einem, dieser Jemand, und man kann mit ihm machen, was man will.

Gefallen kann man jedem, dazu gehört gar nicht so viel. Man muß nur herausbekommen, was für ein Mensch er ist: wofür er lebt, wie er die Welt sieht, wovor er Angst hat. Und hat man das begriffen, so kann man auf ihm wie auf einer Flöte jede Melodie spielen, eine Serenade oder auch eine Polka.

Neun von zehn Menschen erzählen einem ganz von selbst alles, wenn man nur zuhört. Denn eigentlich hört niemand einem anderen richtig zu – erstaunlich. Dabei kann man so viel Wichtiges und Interessantes erfahren, wenn man nur zuzuhören versteht!

Richtig zuhören, das ist eine Kunst eigener Art.

Man muß sich vorstellen, ein leeres Fläschchen zu sein, ein durchsichtiges Gefäß, das durch ein unsichtbares Röhrchen mit dem Gesprächspartner verbunden ist. Dessen Inhalt soll nun tropfenweise in einen übergehen, und so füllt man sich mit Flüssigkeit von derselben Farbe, Temperatur und Zusammensetzung. Man hört für einige Zeit auf, man selbst zu sein, und wird er. Dann versteht man den anderen in seinem ganzen Wesen und weiß schon vorher, was er sagen und tun wird.

Momus hatte seine Wissenschaft nach und nach gelernt und sie in jungen Jahren bei Kleinigkeiten angewendet, um eines geringen Vorteils willen, vor allem aber, um zu prüfen und zu experimentieren. Im Gymnasium, um eine gute Zensur zu bekommen, ohne die Hausaufgaben gemacht zu haben, später im Kadettenkorps, um sich die Achtung und Freundschaft seiner Kameraden zu erwerben, um Geld geliehen zu bekommen oder die Zuneigung eines Fräuleins zu gewinnen.

Später, beim Regiment, wurden die Vorteile seiner gefestigten Wissenschaft spürbarer, wenn es etwa galt, einen vermögenden Kameraden beim Kartenspiel auszunehmen; der saß dann friedlich da und war dem netten Kornett Mitja Sawwin nicht weiter gram. Einem so angenehmen Mitspieler sah man auch nicht mehr als nötig auf die Finger. War das schlimm?

Aber auch das war nur Gymnastik, Fingerübung. Wissenschaft und Talent waren dem späteren Momus zum erstenmal vor sechs Jahren so richtig von Nutzen gewesen, als sich ihm eine wirkliche Chance bot. Damals hatte er noch nicht gewußt, daß man eine Chance nicht abwarten, sondern sich selber schaffen muß. Er hatte immer nur gewartet, bis ihm der Erfolg von allein entgegenkam, und einzig gefürchtet, ihn zu verpassen.

Er verpaßte ihn nicht.

Die Aussichten des Kornetts waren dazumal trübe gewesen. Sein Regiment stand schon das zweite Jahr in der Gouvernementsstadt Smolensk, und sämtliche Anwendungsmöglichkeiten für sein Talent waren ausgeschöpft. Er hatte alle beim Spiel ausgeplündert oder angepumpt; die Frau des Obersten liebte ihn zwar von Herzen, rückte gleichwohl kaum Bares heraus und marterte ihn überdies mit ihrer

Eifersucht. Und dann war ihm mit dem Geld für die Remontierung eine Unvorsichtigkeit passiert: Man hatte ihn auf den Pferdemarkt nach Torshok geschickt, und da ließ er sich hinreißen und verausgabte mehr, als er durfte.

Nun hielt das Schicksal für ihn drei Möglichkeiten bereit: auf der Anklagebank sitzen, desertieren oder die knochige Tochter des Kaufmanns Potschetschujew heiraten. Die erste Variante schied natürlich aus, und der begabte junge Mann schwankte zwischen der zweiten und der dritten.

Und da plötzlich spielte Fortuna ihm ein As in die Hände, mit dessen Hilfe er die verlorene Partie retten konnte. Eine weitläufige Tante von ihm, Gutsbesitzerin in der Gegend von Wjatka, vermachte dem Lieblingsneffen ihr Gut. Als Mitja noch Junker war, hatte er einen eintönigen Monat bei ihr verbracht und sich vor lauter Langeweile in seiner Lebenswissenschaft geübt. Danach hatte er überhaupt nicht mehr an die alte Frau gedacht, doch sie hatte das nette Jungchen nicht vergessen. Sämtliche sonstigen Neffen und Nichten übergehend, bedachte sie ihn in ihrem Testament. Das Gut war nicht eben eine Großlatifundie, knapp tausend Deßjatinen, noch dazu in einem Gouvernement, in dem sich Fuchs und Hase gute Nacht sagten, wo ein redlicher Mensch nicht mal für eine Woche hinfuhr.

Wie würde ein gewöhnlicher kleiner Kornett gehandelt haben, wäre ihm ein solches Glück widerfahren? Er würde Tantes Erbe verkauft, das Loch in der Staatskasse aufgefüllt, einen Teil seiner Schulden beglichen und ansonsten sein bisheriges Leben weitergeführt haben, der Dummbart.

Was denn sonst? werden Sie fragen.

Erlauben Sie eine kleine Aufgabe. Sie besitzen ein Gut, das bestenfalls fünfundzwanzig-, na, dreißigtausend wert ist. Ihre Schulden betragen fünfzigtausend. Dabei hassen Sie es, jede Kopeke umzudrehen, Sie möchten mit gutem Gespann ausfahren und in den besten Hotels logieren, kurz, herrlich und in Freuden leben, nicht von einer dicken Obristin ausgehalten werden, sondern sich selber ein Blümchen, eine duftende Tuberose zulegen – mit zärtlichen Äuglein, einer schlanken Taille und einem hellklingenden Lachen.

Lange genug bin ich wie ein Hölzchen im Strom des Lebens geschwommen, dachte Mitja, höchste Zeit, das Schicksal bei seinem Schwanenhals zu packen. Hierbei kam ihm die psychologische Wissenschaft vorzüglich zustatten.

Er verbrachte in dem hinterwäldlerischen Gouvernement nicht eine oder zwei Wochen, sondern ganze drei Monate, stattete den Nachbarn Visiten ab und machte sie sich gewogen. Mit einem Major im Ruhestand, einem Grobian, trank er Rum und ging er auf Bärenjagd (wobei er tüchtig Angst ausstand). Mit einer sparsamen Kollegienratswitwe kochte er Konfitüre aus Paradiesäpfeln, und er notierte sich ihre Ratschläge für das Ferkeln. Mit dem Kreisadelsmarschall, einem ehemaligen Angehörigen des Pagenkorps, besprach er die Neuigkeiten der großen weiten Welt. Mit dem Friedensrichter ruderte er über den Fluß zum Zigeunerlager.

Er heimste tüchtige Erfolge ein: erwies sich gleichzeitig als einfacher Junge, als patenter Hauptstädter, ernsthafter Jüngling, Draufgänger, »neuer Mensch«, Verfechter der alten Bräuche und als sicherer Bräutigamsanwärter bei gleich zwei Familien, die einander nicht kannten.

Als er fand, der Boden sei nun hinreichend gedüngt, zog er das Geschäft in zwei Tagen durch.

Selbst jetzt noch, Jahre später, da Momus auf ganz andere Sachen stolz sein konnte, ließ er immer wieder mit Vergnügen seine erste richtige »Operation« Revue passieren. Besonders die Episode mit Euripides Kallistratowitsch Kandelaki, der unter den Gutsbesitzern der Gegend als geizig und prozeßsüchtig galt. Es wäre natürlich auch ohne Kandelaki gegangen, aber der junge Mitja mit seiner Spielernatur knackte gern harte Nüsse.

Der geriebene Grieche war Akzisebeamter im Ruhestand. Die Sympathie eines Menschen seines Schlags kannst du nur auf einc Art und Weise gewinnen – indem du ihn in der Illusion wiegst, sich auf deine Kosten bereichern zu können.

Der wackere Kornett kam auf schaumbedecktem Roß bei seinem Nachbarn angesprengt, puterrot, Tränen in den Augen, mit flatternden Händen. Noch in der Tür rief er: »Euripides Kallistratowitsch, retten Sie mich! Sie sind meine ganze Hoffnung! Ich komme zu Ihnen wie zur Beichte! Ich bin ins Regiment vorgeladen, zum Auditor! Unterschlagung wird mir vorgeworfen! Zweiundzwanzigtausend!«

Den Brief vom Regiment gab es tatsächlich, der betraf Mitjas Sünden bei der Remontierung. Den Vorgesetzten war die Geduld gerissen, seine Rückkehr aus dem Urlaub abzuwarten.

Mitja holte das Schreiben mit dem Regimentssiegel hervor und legte ein weiteres Papier dazu.

»In einem Monat bekomme ich von der Adelsbank für Grundbesitz ein Darlehen von fünfundzwanzigtausend

Rubel, dafür habe ich das Gut meiner Tante verpfändet. Ich dachte mir«, sagte er schluchzend und wohl wissend, daß der Grieche nicht zu rühren war, »sowie ich das Geld bekomme, gleiche ich das Defizit aus. Aber nun ist es zu spät! Diese Schmach! Mit bleibt nur eins – eine Kugel in den Kopf! Helfen Sie mir, lieber Euripides Kallistratowitsch! Geben Sie mir die zweiundzwanzigtausend, und ich schreibe Ihnen eine Vollmacht, das Darlehen in Empfang zu nehmen. Ich fahre derweil zu meinem Regiment, rechtfertige mich, rette meine Ehre und mein Leben. Und Sie bekommen in einem Monat von der Bank die fünfundzwanzigtausend. Vorteil für Sie, Rettung für mich! Ich bitte Sie inständig!«

Kandelaki setzte die Brille auf, las den drohenden Brief vom Regiment, studierte aufmerksam den Darlehensvertrag mit der Bank (auch der war echt, nach allen Regeln aufgesetzt), bewegte die Lippen und bot fünfzehntausend. Sie einigten sich auf neunzehntausend.

Es muß eine schöne Szene in der Bank gewesen sein, als nach Ablauf eines Monats zum festgesetzten Termin die Besitzer der elf von Mitja ausgestellten Vollmachten dort zusammentrafen.

Der Gewinn war nicht schlecht, aber Mitja mußte danach natürlich sein Leben grundlegend ändern. Doch zum Teufel mit dem früheren Leben, darum tat es ihm nicht leid.

Unannehmlichkeiten mit der Polizei fürchtete der ehemalige Kornett nicht. Das Imperium war gottlob groß, Dummköpfe gab es reichlich, und an wohlhabenden Städten war kein Mangel. Ein Mann mit Phantasie und Courage fand jederzeit Gelegenheit zu einem Gaunerstückchen. Der Name, die Papiere, das war Kleinkram. Den Namen und den Stand konnte man sich frei aussuchen.

Was das Aussehen betraf, so hatte Momus großes Glück. Er liebte sein Gesicht sehr und konnte es im Spiegel stundenlang anschauen.

Das Haar war von schönem Aschblond wie bei der überwiegenden Mehrheit der slawischen Bevölkerung. Die Gesichtszüge waren nichtssagend, ausdruckslos, die Augen graublau, die Nase von undeutlicher Form, das Kinn ohne Charakter. Absolut nichts zog den Blick des Betrachters an. Das war keine Physiognomie, sondern eine saubere Leinwand, auf die man zeichnen konnte, was man wollte.

Momus war mittelgroß, hatte keine besonderen Kennzeichen. Die Stimme allerdings war ungewöhnlich: tief und volltönend, und er hatte gelernt, dieses Instrument in Vollkommenheit zu beherrschen, er konnte im Baß dröhnen, im Tenor bezaubern, konnte fisteln und sogar im Damensopran piepsen.

Um das Aussehen eines Menschen bis zur Unkenntlichkeit zu verändern, genügt es keineswegs, die Haare zu färben und einen falschen Bart anzukleben. Was den Menschen ausmacht, sind seine Mimik, seine Art zu gehen und sich zu setzen, seine Gesten, seine Intonation, seine Lieblingswörter, die Ausstrahlung seines Blicks. Na, und natürlich die Entourage: Kleidung, erster Eindruck, Name, Titel.

Hätten Schauspieler das große Geld verdient, so wäre Momus sicherlich ein neuer Stschepkin oder Sadowski geworden. Aber soviel, wie er brauchte, zahlten nicht einmal

Petersburger Theater den Hauptdarstellern. Überdies war es unvergleichlich interessanter, Stücke nicht auf der Bühne zu spielen, mit zwei fünfzehnminütigen Pausen, sondern im Leben, täglich, von früh bis spät.

Wen hatte er in den letzten sechs Jahren nicht alles gespielt! Unmöglich, sich alle Rollen zu merken. Wobei die Stücke stets von ihm selbst verfaßt waren. Momus nannte sie wie ein Militärstratege »Operationen«, und vor Beginn jedes Abenteuers sah er sich selbst gern als Moritz von Sachsen oder Napoleon, aber das waren, seiner Natur entsprechend, natürlich keine blutrünstigen Schlachten, sondern amüsante Spektakel. Die anderen handelnden Personen vermochten den Esprit seiner Kunstwerke vielleicht nicht recht zu schätzen, doch Momus selbst hatte daran ein ungetrübtes Vergnügen.

Er hatte viele Schauspiele aufgeführt – kleine und große, triumphale und minder erfolgreiche, aber Durchfälle mit Zischen und Pfeifen hatte es bislang nicht gegeben.

Eine Zeitlang hatte Momus Spaß daran gefunden, das Andenken an nationale Helden hochzuhalten. Das erstemal hatte er, nachdem er auf einem Wolga-Dampfer beim Wint alles verspielt hatte und in Kostroma mit leeren Taschen an Land gegangen war, Spenden für ein Bronzedenkmal Iwan Sussanins gesammelt. Aber die Kaufleutchen knauserten, der Landadel wollte Butter oder Roggen spenden, und so kamen nur lächerliche achttausend zusammen. Dafür stifteten in Odessa vor allem die jüdischen Geschäftsleute reichlich für ein Alexander-Puschkin-Denkmal, und in Tobolsk sammelte das wortgewaltige »Mitglied der Kaiserlichen Historischen Gesellschaft« für Jermak Timofejewitsch* bei den Pelzhändlern und Goldsuchern fünfundsiebzigtausend Rubel ein.

Besonders erfolgreich hatte Momus zwei Jahre zuvor mit der Kreditgenossenschaft »Butterfly« in Nishni Nowgorod agiert. Die Geschäftsidee war einfach und genial und zielte auf die weit verbreitete Sorte Menschen, deren Glauben an ein kostenloses Wunder stärker ausgeprägt ist als die natürliche Vorsicht. Die Genossenschaft »Butterfly« nahm bei den Einwohnern Anleihen zu unglaublich hohen Zinsen auf. In der ersten Woche zahlten nur zehn Personen Geld ein (darunter neun von Momus angeheuerte Strohmänner). Aber als sie am nächsten Montag (die Zinsen wurden wöchentlich abgerechnet) auf jeden eingezahlten Rubel zehn Kopeken bekamen, war die Stadt wie aus dem Häuschen. Im Kontor der Genossenschaft bildete sich eine Schlange, die sich drei Häuserblocks weit hinzog. Nach einer weiteren Woche zahlte Momus wieder zehn Prozent, darauf mußte er noch zwei Räume anmieten und zwölf Annahmekräfte einstellen. Am vierten Montag blieben die Türen des Kontors geschlossen. Der bunte »Butterfly« war für immer von den Ufern der Wolga in andere Gegenden entflattert.

Jedem anderen hätte allein der Profit von Nishni Nowgorod für den Rest des Lebens gereicht, aber bei Momus hielt sich das Geld nicht lange. Manchmal glich er einer Windmühle, in die ein breiter Strom von Geldscheinen und

* Jermak Timofejewitsch – Kosakenataman, eroberte ab 1581 Sibirien für Rußland. Anm. d. Ü.

klingenden Münzen floß. Die Mühle ließ die breiten Flügel ohne Pause kreisen und verarbeitete das Geld zu feinem Mehl – brillantenbesetzte Krawattennadeln, reinblütige Traber, tagelange Gelage und schwindelerregende Blumenarrangements für Schauspielerinnen. Und der Wind wehte und wehte, das Mehl zerstob über die endlosen Weiten, und kein Krümel blieb übrig.

Nun, mochte er es zerstieben, Momus hatte für dieses Leben genug »Getreide«. Die Wundermühle würde nie stillstehen.

Er gab häufig Gastspiele auf Jahrmärkten und in Gouvernementsstädten und gewann an Meisterschaft. Ein Jahr zuvor hatte er die Hauptstadt beehrt und prächtig ausgeplündert – die Petersburger würden an den Pikbuben denken, die Hoflieferanten, die pfiffigen Bankiers und die Kommerzienräte.

Seine außergewöhnliche Begabung öffentlich vorzuführen, darauf war Momus erst vor kurzem verfallen. Der Dämon der Eitelkeit hatte ihn ereilt, denn es war gar zu kränkend gewesen: Wie viele raffinierte, nie gesehene Tricks und Kniffe läßt man sich einfallen, wieviel Kunst, Seele und Phantasie verausgabt man, und dann erlebt man keinerlei Resonanz! Mal wird auf eine Betrügerbande getippt, mal auf jüdische Umtriebe, mal auf die örtlichen Behörden. Es wollte den Rechtgläubigen nicht in den Kopf, daß alle diese filigranen Kunstwerke von der Hand ein und desselben Meisters waren.

Geld reichte Momus nicht mehr, ihn verlangte es nach Ruhm. Natürlich war es erheblich riskanter, mit einem Markenzeichen zu arbeiten, aber wer feige ist, den flieht der Ruhm. Wie sollte man ihn fassen, wenn er für jede Operation eine neue Maskierung verwendete? Wen suchen, wen fangen? Hat jemand Momus' wahres Gesicht gesehen? Na bitte!

Staunt nur, tratscht und lacht zum Abschied, wandte sich Momus in Gedanken an seine Landsleute. Applaudiert dem großen Künstler, denn er wird nicht ewig bei euch sein.

Nein, zu sterben hatte er keineswegs die Absicht, aber er dachte ernsthaft darüber nach, die seinem Herzen teuren russischen Weiten zu verlassen. Nur die alte Residenzstadt mußte er noch abarbeiten, dann wurde es höchste Zeit, sich auf dem internationalen Parkett zu bewähren – die Kraft dazu fühlte Momus bereits in sich.

Moskau war eine schöne Stadt. Die Moskowiter waren noch argloser und einfältiger als die Petersburger, und Geld hatten sie nicht weniger. Momus hatte sich im Herbst hier niedergelassen und bereits ein paar elegante Streiche hingelegt. Noch zwei oder drei Operationen, dann ade mein Heimatland. Er würde durch Europa bummeln und auch einen Abstecher nach Amerika machen. Über die nordamerikanischen Staaten wurde viel Interessantes erzählt. Sein Gespür sagte ihm, dort werde er sich ausleben können. Er konnte dort zum Beispiel die Idee entwickeln, irgendeinen Kanal zu graben, konnte eine Aktiengesellschaft zum Bau einer transkontinentalen Eisenbahn oder zur Suche nach dem Aztekengold gründen. Andererseits herrschte gerade eine große Nachfrage nach deutschen Prinzen, namentlich in den neuen slawischen Ländern und auf dem südamerikanischen

Kontinent. Das lieferte Stoff zum Nachdenken. Vorsorglich traf Momus schon erste Maßnahmen.

Vorerst aber hatte er noch ein paar Geschäfte in Moskau. Diesen Apfelbaum mußte er noch kräftig schütteln. Die Zeit würde kommen, da die Moskauer Schriftsteller Romane über den Pikbuben schrieben!

Am Morgen nach dem vergnüglichen Trick mit dem englischen Lord und dem betagten Generalgouverneur erwachte Momus spät und mit einem Brummschädel – sie hatten noch bis weit nach Mitternacht gefeiert. Mimi liebte solche Feiern, da fühlte sie sich in ihrem Element, und sie hatten sich nach Herzenslust amüsiert.

Das Appartement im Hotel »Metropol« war von der übermütigen Mimi in einen Garten Eden verwandelt worden: tropische Gewächse in Kübeln, der Lüster voller Lilien und Chrysanthemen, der Teppich mit Rosenblüten übersät, überall Obstkörbe von Jelissejew und Buketts von Pogodin. Um eine Palme ringelte sich dekorativ eine Riesenschlange aus der Tierschau von Morcelli, sie stellte die Versucherin dar, freilich nicht sehr überzeugend, denn da es Winter war, pennte sie und tat kein einziges Mal die Augen auf. Dafür war Mimi, die die Eva gab, in Höchstform gewesen. Momus schmunzelte in der Erinnerung und rieb sich die schmerzende Schläfe. Dieser verdammte Veuve Clicquot! Als Momus, schon nach dem Sündenfall, sich in der geräumigen Porzellanwanne aalte, umgeben von schwimmenden Orchideen (fünfzehn Rubel das Stück), begoß ihn Mimi mit Champagner aus einer Magnumflasche. Er hatte den schäumenden Strahl immer wieder mit dem Mund aufgefangen und wohl des Guten zuviel getan.

Aber auch Mimi hatte sich gestern übernommen und war ganz entkräftet. Sie schlief so tief und fest, daß kein Feueralarm sie geweckt hätte. Die vollen Lippen standen ein wenig offen, beide Hände lagen unter der Wange, die dichten goldblonden Locken waren über das Kissen gebreitet.

Als sie beschlossen, zusammen zu reisen, hatte Momus ihr gesagt: »Das Leben des Menschen ist wie er selbst, Kindchen. Ist er grausam, so ist sein Leben es auch, ist er furchtsam, so ist es beängstigend, ist er mißmutig, so ist es traurig. Ich aber bin ein fröhlicher Mensch, also ist mein Leben fröhlich, und deins wird es auch sein.«

Und Mimi trat in das fröhliche Leben ein, als wäre es speziell für sie geschaffen. Dabei war anzunehmen, daß sie mit ihren zweiundzwanzig Jahren genug Bitteres gekostet hatte. Im übrigen fragte Momus sie nicht aus, das war nicht seine Sache. Wenn sie wollte, würde sie von sich aus erzählen. Mimi vergaß Schlechtes rasch und gehörte nicht zu denen, die auf die Tränendrüse drücken.

Aufgelesen hatte er Mimi im vorigen Frühjahr in Kischinjow, wo sie als äthiopische Tänzerin in einem Varieté auftrat und sich bei den örtlichen Lebemännern einer enormen Beliebtheit erfreute. Mit geschwärzter Haut und gefärbten Löckchen hüpfte sie über die Bühne, bekleidet ausschließlich mit Blumengirlanden und mit Metallreifen an Armen und Beinen. Die Kischinjower akzeptierten sie als eine waschechte Negerin. Anfangs hatten sie freilich Zweifel gehabt, aber ein neapolitanischer Handelsreisender, der in

Abessinien gewesen war, behauptete, Mademoiselle Semtschandra spreche in der Tat äthiopisch, und damit war jeder Verdacht zerstreut.

Gerade dieses Detail war es, das Momus begeistert hatte, denn er schätzte an Mystifikationen die Verbindung von Frechheit und Gewitztheit. Mit glockenblumenblauen Augen und zwar schwärzlichem, doch rein slawischem Lärvchen sich als Äthiopierin auszugeben, dazu gehörte schon allerhand Dreistigkeit. Und dabei auch noch äthiopisch zu lernen!

Später, als sie sich angefreundet hatten, erzählte Mimi ihm, wie alles gekommen war. Sie hatte in Petersburg gelebt und nach dem Bankrott des Operettentheaters auf dem trockenen gesessen. Per Zufall fand sie bei dem abessinischen Botschafter eine Anstellung als Erzieherin seiner Zwillinge. Der äthiopische Fürst, Ras in seiner Muttersprache, konnte sich nicht genug freuen: Das umgängliche, fröhliche Fräulein gab sich mit einem bescheidenen Gehalt zufrieden und wurde von den Kindern vergöttert, die dauernd mit ihr zu tuscheln hatten und ganz brav waren. Eines Tages aber ging der Ras mit Staatssekretär Morder im Sommergarten spazieren und erörterte mit ihm die schwierigen italienisch-abessinischen Beziehungen, da sah er plötzlich einen Menschenauflauf. Er trat näher – großer Gott von Äthiopien! Die Erzieherin spielte Harmonika, und sein Sohn und sein Töchterchen tanzten und sangen. Das Publikum begaffte die Jungmohren, klatschte Beifall und warf reichlich und von Herzen Geld in den aus einem Handtuch gewundenen Turban.

Mimi mußte die nördliche Hauptstadt in aller Eile verlassen – ohne Gepäck und ohne Reisepaß. Das alles wäre nicht weiter schlimm gewesen, sagte sie seufzend, nur die kleinen Mohren Mariam und Aseph taten ihr leid. Gewiß hatten sie jetzt ein langweiliges Leben.

Dafür ist es mir mit dir nicht langweilig, dachte Momus und betrachtete liebevoll die unter der Decke hervorschauende Schulter mit den drei niedlichen Muttermalen in Form eines gleichschenkligen Dreiecks.

Er legte die Hände unter den Kopf und ließ den Blick durch das Hotelzimmer wandern, das sie tags zuvor bezogen hatten, um ihre Spuren zu verwischen. Ein schickes Appartement: Boudoir, Salon, Arbeitszimmer. Viel vergoldeter Stuck. Im »Loskutnaja« waren die Appartements eleganter gewesen, aber dort hatten sie verschwinden müssen, natürlich ganz offiziell, mit üppigen Trinkgeldern und Posieren vor dem Zeichner des »Moskauer Beobachters«. Auf dem Titelblatt der angesehenen Illustrierten als »Seine Hoheit« zu glänzen konnte nicht schaden, vielleicht kam es ihm einmal zupaß.

Momus betrachtete zerstreut den unter dem Baldachin angebrachten vergoldeten, pausbäckigen kleinen Amor. Der gipserne Schelm zielte mit dem Pfeil direkt auf seine Stirn. Der Pfeil war eigentlich nicht zu sehen, denn daran hing Mimis Spitzenunterhöschen von der Farbe »loderndes Herz«. Wie war es dorthin gekommen? Mimi hatte doch die Eva gespielt? Ein Rätsel.

Das sinnenverwirrende Höschen reizte Momus irgendwie. Darunter konnte nur der Pfeil sein, sonst nichts. Aber vielleicht war da kein Pfeil, sondern etwas ganz anderes? Womöglich zeigte der Cupido unter dem leuchtenden Stoff mit pummeligen Fingerchen eine Feige, die als Pfeil gelten sollte?

Jedenfalls zeichnete sich da etwas ab.

Momus vergaß die schmerzende Schläfe, setzte sich im Bett auf und starrte auf das Höschen.

»Kindchen, aufwachen!« Er patschte auf die rosa Schulter. »Papier und Bleistift, hurtig! Wir schreiben eine Bekanntmachung für die Zeitung!«

Mimi zog, statt zu antworten, die Zudecke über den Kopf. Momus aber sprang aus dem Bett, trat auf etwas Rauhes, Kaltes und brüllte auf vor Entsetzen, denn auf dem Teppich schlummerte, zusammengerollt wie ein Gartenschlauch, die Riesenschlange, die paradiesische Versucherin.

Ein gerissener Halunke

Seinen Dienst versehen kann man auf ganz verschiedene Weise.

Zum Beispiel als Polizeiagent – stundenlang in einem stacheligen Gebüsch stehen und im Regen durchweichen, um das zweite Fenster von links im zweiten Stock eines Hauses zu observieren, oder als Glied einer Stafette einem »Objekt« hinterhertrotten, ohne zu wissen, wer der Mann ist, noch was er angestellt hat.

Oder als Botengänger – mit heraushängender Zunge durch die Stadt hetzen, über der Schulter die Diensttasche voller Briefschaften.

Oder aber als zeitweiliger Gehilfe des Beamten für Sonderaufträge. In dem Seitenflügel in der Kleinen Nikitskaja hatte er sich gegen zehn einzufinden. Das heißt, er konnte gehen wie ein Mensch, nicht im Schweinsgalopp durch dunkle Gassen, sondern ruhig und würdevoll bei Tageslicht. Anissi bekam auch Geld für eine Droschke, so daß er die Wegstunde hätte sparen und wie ein feiner Herr zum Dienst fahren können. Doch er ging lieber zu Fuß, ein halber Rubel extra war stets willkommen.

Ihm öffnete der japanische Diener Masa, mit dem sich Anissi ein wenig angefreundet hatte. Masa verbeugte sich und sagte: »Gumon, Tuli-san«, und das bedeutete: »Guten Morgen, Herr Tulpow.« Dem Japaner fiel es schwer, die langen russischen Wörter auszusprechen, und das L und das R gerieten bei ihm oft durcheinander. Aber Anissi haderte deshalb nicht mit Fandorins Kammerdiener, sie verstanden sich gut, und ihre Beziehung war fast verschwörerisch.

Als erstes berichtete Masa halblaut über den »Zustand der Atmosphäre«, wie Anissi für sich die im Hause herrschende Stimmung nannte. Wenn der Japaner »leise« sagte, war alles friedlich, die schöne Gräfin Addy war in blendender Stimmung aufgewacht, sie trällerte, gurrte mit Fandorin und blickte Tulpow zerstreut, doch wohlwollend an. Dann konnte er getrost in den Salon treten, Masa reichte Kaffee mit Brötchen, der Herr Hofrat plauderte fröhlich und spöttisch, und der geliebte Rosenkranz in seinen Fingern klapperte energisch.

Flüsterte Masa dagegen »laut«, so mußte Anissi auf Zehenspitzen ins Arbeitszimmer schlüpfen und gleich zur Sache kommen, denn im Hause herrschte Gewitterstimmung. Addy schrie wieder mal schluchzend, sie langweile sich, Fandorin richte sie zugrunde, er habe ihr den Kopf verdreht und sie ihrem Manne entführt, dem würdigsten und edelsten aller Männer. Als ob man dich zu entführen brauchte, dachte Anissi, indes er furchtsam auf das Gekeife lauschte und in Zeitungen blätterte.

Es war jetzt seine morgendliche Aufgabe, die Moskauer Presse durchzusehen. Eine angenehme Arbeit: mit den duftenden Seiten zu rascheln, den Stadtklatsch zu lesen, die verlockenden Reklamen zu betrachten. Auf dem Tisch lagen scharf gespitzte Buntstifte, ein blauer für gewöhnliche Notizen, ein roter für besondere Bemerkungen. Wirklich, Anissi hatte jetzt ein völlig anderes Leben.

Die Vergütung für diesen goldwerten Dienst war übrigens doppelt so hoch wie zuvor, und obendrein war er befördert worden. Fandorin hatte ein paar Zeilen an die Verwaltung geschrieben, und schon war Tulpow Anwärter auf die Beamtenklasse. Sobald es eine Vakanz gab, würde er ein Examen ablegen, das nicht der Rede wert war, und fertig – dann wurde der Botengänger zum Beamten, zum Herrn Kollegienregistrator.

Angefangen hatte das so.

An dem denkwürdigen Tag, an dem Anissi die weiße Taube sah, war er vom Hause des Generalgouverneurs mit dem Hofrat direkt zu der Notariatskanzlei gefahren, die den Kaufbrief mit der höhnischen Unterschrift beurkundet hatte. Doch hinter der Tür mit dem Messingschildchen *Iwan Karlowitsch MÖBIUS* herrschte Stille. Die Titularratswitwe Kapustina, der das Haus gehörte, öffnete die verschlossene Tür mit ihrem eigenen Schlüssel und sagte aus, der Herr Möbius habe das Erdgeschoß vor zwei Wochen angemietet und für einen Monat im voraus bezahlt. Er sei ein solider und sehr gewissenhafter Mensch und habe die Gründung seiner Kanzlei in allen Zeitungen an hervorragender Stelle annonciert. Seit gestern sei er nicht mehr dagewesen, was sie schon verwundert habe.

Fandorin hörte zu, nickte, stellte ab und zu kurze Fragen. Die Beschreibung des verschwundenen Notars hieß er

Anissi notieren. »Mittelgroß«, kratzte Tulpows Bleistift eifrig. »Schnurrbart, Spitzbart. Haare scheckig. Zwicker. Reibt sich ständig die Hände und kichert. Höflich. Auf der rechten Wange eine große braune Warze. Alter mindestens vierzig. Ledergaloschen. Grauer Mantel mit schwarzem Schalkragen.«

»Die G-Galoschen und den Mantel lassen Sie weg«, sagte der Hofrat nach einem Blick auf Anissis Geschreibsel. »Nur das Aussehen.«

Hinter der Tür befand sich ein ganz gewöhnliches Kontor: im Empfangszimmer ein Schreibtisch, ein Geldschrank mit angelehnter Tür, Regale mit Aktendeckeln, sämtlich leer. Im Safe auf einem Blechregal an sichtbarer Stelle eine Spielkarte, ein Pikbube. Fandorin nahm die Karte, betrachtete sie durch eine Lupe und warf sie zu Boden. Zu Anissi sagte er erklärend: »Eine Karte wie jede andere, gibt's überall zu kaufen. Ich kann Karten nicht ausstehen, Tulpow, und den P-Pikbuben, der auch Momus genannt wird, erst recht nicht. Mit dem verbinden mich höchst unangenehme Erinnerungen.«

Vom Kontor fuhren sie ins britische Konsulat, um Lord Pitsbrook zu treffen. Der Sohn Albions hatte diesmal einen Dolmetscher bei sich, so daß Anissi die Aussagen des Geschädigten notieren konnte.

Der Brite teilte dem Hofrat mit, die Notariatskanzlei Möbius sei ihm von Mr. Speyer als die älteste und angesehenste juristische Firma Rußlands empfohlen worden. Um seine Worte zu bekräftigen, habe Mr. Speyer ein paar Zeitungen vorgewiesen, in denen für Möbius geworben wurde.

Er, der Lord, könne nicht russisch, aber das Gründungsjahr der Firma – sechzehnhundert und noch was – habe ihn aufs angenehmste beeindruckt.

Pitsbrook legte eine der Zeitungen vor, die »Moskauer Gouvernementsnachrichten«, die er »Moscow News« nannte. Anissi reckte den Hals, linste Herrn Fandorin über die Schulter und erblickte eine Annonce, die eine Viertelseite einnahm:

Notariatskanzlei

MÖBIUS

Vom Ministerium der Justiz registriert
unter der Nummer 1672

Abfassung von Testamenten und Kaufurkunden,
Ausfertigung von Vollmachten,
Bürgschaften gegen Pfand,
Vertretung beim Eintreiben von Schulden
und sonstige Dienstleistungen

Sie fuhren mit dem Briten in die unglückselige Kanzlei. Er erzählte in allen Einzelheiten, wie er mit dem von dem »alten Gentleman« (dem Herrn Generalgouverneur) unterschriebenen Papier hierher in das »office« gefahren sei. Mr. Speyer sei nicht mitgekommen, da er sich nicht wohl fühlte, aber er habe versichert, der Firmeninhaber sei verständigt und erwarte den hohen ausländischen Klienten. Er, der Lord, sei in der Tat aufs liebenswürdigste empfangen worden; man habe ihm Tee nebst »harten runden Biscuits« und eine gute Zigarre angeboten und die Dokumente sehr rasch ausgefertigt. Das Geld, hunderttausend Rubel, habe der Notar in Verwahrung genommen und im Safe deponiert.

»Tja, in Verwahrung«, murmelte Fandorin, fragte etwas und zeigte auf den Geldschrank.

Der Engländer nickte, öffnete die unverschlossene Stahltür und stieß einen pfeifenden Fluch aus.

Der Lord konnte nichts Wesentliches zum Porträt des Iwan Möbius beisteuern, er erwähnte nur immer wieder die Warze. Anissi merkte sich sogar das englische Wort »wart«.

»Das ist doch ein auffälliges Kennzeichen, Euer Hochwohlgeboren, eine große braune Warze auf der rechten Wange. Vielleicht erwischen wir den Gauner damit?« sagte Anissi schüchtern. Die Worte des Generalgouverneurs »dann zerstoß ich dich zu Pulver« lagen ihm schwer auf der Seele. Er wollte sich nützlich machen.

Aber der Hofrat wußte diesen Beitrag zur Untersuchung nicht sonderlich zu schätzen.

»Unsinn, Tulpow«, sagte er zerstreut. »Eine psychologische Finte. Eine Warze oder zum Beispiel ein Muttermal über die halbe Wange nachzumachen ist nicht schwer. Zeugen merken sich gewöhnlich nur dieses auffällige K-Kennzeichen und lassen die anderen außer acht. Widmen wir uns lieber dem Beschützer der minderjährigen gefallenen M-Mädchen, ›Mr. Speyer‹. Haben Sie sein Aussehen notiert? Lassen Sie mal sehen. *Größe ungewiß, da er im Rollstuhl sitzt. Haare dunkelblond, an den Schläfen kurzgeschnitten. Der Blick sanft, gütig.* (Hm ...) *Die Augen wohl hell.* (Das ist wichtig, danach müssen wir den Sekretär des Generalgouverneurs fragen.) *Das Gesicht offen, sympathisch.* Tja, nichts Konkretes. Wir werden Seine Hoheit den Herzog von Sachsen-Limburg behelligen müssen. Hoffen wir, daß er etwas weiß von dem ›Enkel‹, den er dem ›Großvater‹ in einem Brief empfohlen hat.«

Zum Hotel »Loskutnaja« fuhr Fandorin allein, in voller Montur. Er blieb lange weg und kehrte höchst verdrossen zurück. Man hatte ihm gesagt, Seine Hoheit sei am Vorabend mit dem Warschauer Zug abgereist. Aber auf dem Brjansker Bahnhof war der hohe Passagier nicht gesehen worden.

Am Abend hielt Hofrat Fandorin mit Anissi eine Beratung ab, die er »operative Bilanz« nannte. Für Tulpow war diese Prozedur neu. Später, als er sich daran gewöhnt hatte, daß jeder Tag mit solch einer »Bilanz« endete, faßte er sich ein Herz, doch am ersten Abend schwieg er, aus Furcht, etwas Dummes zu sagen.

»Also, überlegen wir«, begann der Hofrat. »Den Notar Möbius gibt es nicht. Er hat sich in Luft aufgelöst. Erstens.« Der Nephrit-Rosenkranz klackerte. »Den Wohltäter Speyer, der kein Wohltäter und wohl auch kein Invalide ist, gibt es auch nicht. Spurlos verschwunden. Zweitens. (Klack!) Besonders p-pikant: Unbegreiflicherweise ist auch der Herzog verschwunden, der im Gegensatz zu dem ›Notar‹ und dem ›Invaliden‹ wohl echt war. Gewiß, in Deutschland gibt es regierende Fürsten in rauhen Mengen, die kann man nicht alle im Kopf behalten, aber dieser ist in Moskau in Ehren empfangen worden, und über seine Ankunft haben die Z-Zeitungen berichtet. Drittens. (Klack!) Auf dem Weg vom Bahnhof habe ich die Redaktionen der ›Woche‹ und des ›Russischen Boten‹ aufgesucht und gefragt, wie sie von dem bevorstehenden Besuch Seiner Hoheit des Herzogs von

Sachsen-Limburg erfahren hätten. Die Antwort: wie üblich per Telegramm von ihren Petersburger Korrespondenten. Was halten Sie davon, Tulpow?«

Anissi, dem vor Anspannung sogleich der Schweiß ausbrach, sagte unsicher: »Die Telegramme kann ja sonstwer aufgegeben haben, Euer Hochwohlgeboren.«

»Das sehe ich auch so«, sagte der Hofrat beifällig, und Tulpow wurde sogleich leichter ums Herz. »Es genügt ja, die Namen der Petersburger Korrespondenten zu kennen, die Telegramme kann aufgeben, wer will und von wo er will ... Ja, apropos. Reden Sie mich nicht mit Hochwohlgeboren an, wir sind nicht bei der Armee. Vor- und Vatersname genügt, oder ... nennen Sie mich einfach ›Chef‹, das ist kurz und praktisch.« Fandorin lächelte unfroh und setzte die »Bilanz« fort. »Schauen Sie, w-was sich ergibt. Ein geschickter Halunke, der die Namen von etlichen Korrespondenten herausbekommen hat (dazu braucht er nur ein paar Zeitungen durchzublättern), verständigt die Redaktionen telegraphisch von der Ankunft eines deutschen Fürsten, und alles weitere läuft ganz von selbst. Die Reporter empfangen ›Seine Hoheit‹ auf dem Bahnhof, die Zeitung ›Russisches Denken‹ druckt ein Gespräch, in dem der Ehrengast kühne Äußerungen zur Balkanfrage macht und sich strikt vom politischen Kurs Bismarcks distanziert, Moskau ist hingerissen, und unsere Patrioten nehmen den Herzog mit offenen Armen auf. Ach, die Presse – wie wenig weiß man doch bei uns von ihrer wirklichen Macht ... So, Tulpow, kommen wir nun zu den Schlußfolgerungen.«

Der Hofrat, der »Chef«, machte eine Pause, und Anissi

fürchtete schon, die Schlußfolgerungen solle er ziehen, dabei war sein Kopf von dichtem Nebel erfüllt.

Doch nein, Fandorin kam ohne Anissis Mitwirkung aus. Er ging energisch im Arbeitszimmer auf und ab, ließ die Nephritperlen klackern, verschränkte dann die Hände hinterm Rücken.

»Die Zusammensetzung der Bande ›Pikbube‹ kennen wir nicht. Es sind mindestens drei Personen: ›Speyer‹, ›Notar‹ und ›Herzog‹. Erstens. Sie sind im höchsten Maße dreist, erfindungsreich, unglaublich selbstsicher. Z-Zweitens. Sie hinterlassen keine Spuren. Drittens.« Fandorin schwieg kurz und schloß dann leise, sogar schmeichelnd: »Aber ein paar Anhaltspunkte gibt es. Viertens.«

»Tatsächlich?« fragte Anissi hastig, der schon einen anderen Schluß befürchtet hatte: Hoffnungsloser Fall, also geh zurück zu deinem Botendienst, Tulpow.

»Ich denke, ja. Die ›Pikbuben‹ sind f-fest von ihrer Unangreifbarkeit überzeugt, und das bedeutet höchstwahrscheinlich, daß sie weitere Streiche vorhaben. Erstens. Sie haben sich ja schon vor der Geschichte mit Lord Pitsbrook zwei höchst freche Gaunerstückchen geleistet. Beide Male haben sie nicht schlecht verdient, und beide Male haben sie ihre ›Visitenkarte‹ hinterlassen, und sie dachten gar nicht daran, Moskau mit ihrer fetten Beute zu verlassen. Weiter ... Möchten Sie eine Zigarre?« Der Hofrat klappte ein Ebenholzkästchen auf.

Anissi rauchte sonst aus Sparsamkeitsgründen nicht, doch jetzt konnte er nicht widerstehen und griff zu, gar zu appetitlich sahen sie aus, die schokoladenbraunen Zigarren mit der rotgoldenen Bauchbinde. Den Hofrat nachahmend, spitzte er die Lippen, entzündete ein Flämmchen und freute sich auf die paradiesische Seligkeit, die eigentlich nur für reiche Herren bestimmt war. Solche Zigarren hatte er auf dem Kusnezki Most gesehen, im Schaufenster des Kolonialwarenladens von Sytschow, anderthalb Rubel das Stück.

»Der nächste Punkt«, fuhr Fandorin fort. »Die ›Pikbuben‹ wiederholen sich in ihren Methoden. Zweitens. Im Fall des ›Herzogs‹ wie auch des ›Notars‹ nutzten sie das Vertrauen der Menschen in das gedruckte Wort. Nun, bei dem Lord mag das noch angehen. Die Engländer sind es g-gewohnt, alles zu glauben, was ihre ›T-Times‹ druckt. Aber unsere Moskauer Zeitungen sind ja auch köstlich: Sie haben selber mit Getöse die Moskauer über die Ankunft ›Seiner Hoheit‹ informiert und der ganzen Stadt den Kopf verdreht ... Tulpow, der Zigarrenrauch wird nicht inhaliert!«

Zu spät. Anissi hatte einen tüchtigen Zug genommen und die ganze Brust vollgepumpt mit dem bitteren, beißenden Qualm. Das Licht erlosch, das Innere wurde wie von einer Feile aufgerauht, der arme Anissi krümmte sich hustend und keuchend und fühlte, daß er gleich sterben würde.

Fandorin brachte seinen Gehilfen ins Leben zurück, wozu Wasser aus der Karaffe und kräftige Schläge auf Anissis mageren Rücken beitrugen, dann resümierte er bündig: »Unsere Aufgabe: beide Augen offenhalten.«

Schon seit einer Woche hielt Tulpow beide Augen offen. Morgens auf dem Weg zu seinem beneidenswerten Dienst kaufte er einen ganzen Satz Zeitungen. Darin unterstrich er alles Bemerkenswerte und Außergewöhnliche, und beim Mittagessen referierte er dem »Chef«.

Über das Mittagessen sind ein paar Extraworte angebracht. Wenn die Gräfin bei Laune war und zu Tisch kam, wurde erlesen gespeist, Gerichte, die aus einem französischen Restaurant herbeigeschafft wurden: ein »Chaudfroid« aus getrüffelten Schnepfen, Salade romaine, Macédoine in der Zuckermelone und andere kulinarische Wunderwerke, von denen Anissi nie zuvor gehört hatte. Wenn Addy aber in ihrem Boudoir schmollte oder durch die Galanterie- und Parfümeriegeschäfte zog, riß Masa die Küchengewalt an sich, und dann wehte ein gänzlich anderer Wind. Aus dem japanisch-chinesischen Laden auf den Petrowskije-Linien brachte Fandorins Kammerdiener faden Reis, marinierten Rettich, knirschende papierartige Wasserpflanzen und süßen gebratenen Fisch. Der Hofrat verspeiste diesen Schlangenfraß mit sichtlichem Vergnügen, Anissi aber bekam von Masa Tee, frische Kringel und Wurst. Um die Wahrheit zu sagen, diese Mahlzeiten waren Anissi viel lieber, denn in Gegenwart der launischen Schönen fühlte er sich höchlich gehemmt, und die märchenhaften Delikatessen wußte er sowieso nicht recht zu schätzen.

Fandorin hörte sich die Ergebnisse von Anissis morgendlichen Forschungen aufmerksam an. Den größten Teil davon verwarf er, doch einiges notierte er sich. In der zweiten Tageshälfte trennten sie sich, um zu überprüfen: Anissi die verdächtigen Zeitungsannoncen, der Chef hingegen die bedeutenden Personen, die in Moskau eingetroffen waren (angeblich begrüßte er sie im Namen des Generalgouverneurs).

Einstweilen lief alles ins Leere, aber Anissi ließ den Kopf nicht hängen. So hätte er ewig dienen mögen.

Heute morgen hatte Sonja Bauchschmerzen gehabt, wahrscheinlich hatte sie wieder Kalk vom Ofen gekaut, darum war Anissi nicht zum Frühstücken gekommen. Im Seitenflügel bekam er auch keinen Kaffee, denn es war ein »lauter« Tag. Anissi saß mucksmäuschenstill im Arbeitszimmer und blätterte in Zeitungen, und seine Blicke fielen ausgerechnet auf Lebensmittelreklamen.

»Das Geschäft von Safatow in der Sretenka hat erstklassiges gesalzenes Rindfleisch hereinbekommen«, las er überflüssigerweise. *»16 Kopeken das Pfund, hat die Güte von Schinken höchster Qualität.«*

Er konnte es kaum aushalten bis zum Mittagessen. Einen Kringel mampfend, meldete er Fandorin seine heutige Ausbeute.

Neu Zugereiste gab es an diesem Tag, den 11. Februar 1886, nur wenige: fünf Generäle und sieben Zivilisten. Der Chef nahm sich vor, zwei davon zu besuchen: den Kommandeur der Kriegsmarineintendantur, Konteradmiral von Bombe, und den Leiter des staatlichen Rentamtes, Geheimrat Swinjin.

Dann kam Tulpow zum interessanteren Teil: den ungewöhnlichen Annoncen.

»Auf Beschluß der Stadtduma«, las er laut vor, mit vielsagenden Pausen, *»werden alle Standinhaber des Städtischen Marktes auf dem Roten Platz zu einer Beratung eingeladen, deren Ziel es ist, eine Aktiengesellschaft für den Umbau des*

Städtischen Marktes zu einem Emporium mit Glaskuppel zu gründen.«

»Und was daran finden Sie v-verdächtig?« fragte Fandorin.

»Unsinn ist das – wozu braucht eine Getreidehandlung eine Glaskuppel?« bemerkte Anissi vernünftig. »Sie haben doch gesagt, Chef, ich soll auf alle Annoncen achten, die dazu aufrufen, Geld einzuzahlen. Und hier soll eine Aktiengesellschaft gegründet werden. Ob das nicht faul ist?«

»Nein«, beruhigte ihn der Hofrat. »Die Duma hat tatsächlich beschlossen, den Städtischen Markt abzutragen und an seiner Stelle eine überdachte dreigeschossige Galerie in russischem Stil zu e-errichten. Weiter.«

Tulpow legte die verworfene Notiz aus den »Moskauer Stadtnachrichten« beiseite und nahm das »Russische Wort« zur Hand.

»SCHACHTURNIER. Im Sitz der Moskauer Gesellschaft der Schachfreunde findet um 14 Uhr ein Turnier statt: M.I. Tschigorin spielt gegen zehn Gegner. Er spielt à l'aveugle – also ohne das Brett zu sehen und ohne die Züge zu notieren. Der Einsatz – 100 Rubel. Eintritt 2 Rubel. Alle Interessenten sind eingeladen.«

»Ohne das Brett zu sehen?« sagte Fandorin verwundert und machte sich eine Notiz. »Na schön, ich fahre hin und spiele mit.«

Das gab Anissi Auftrieb, er las weiter aus den »Moskauer Polizeinachrichten« vor:

»EINMALIGE IMMOBILIENLOTTERIE. Die internationale evangelische Gesellschaft ›Tränen Jesu‹ veranstaltet zum erstenmal in Moskau eine WOHLTÄTIGE LOTTE-

RIE mit sofortiger Ziehung zugunsten des Baus einer Kapelle für das Grabtuch Christi in Jerusalem. EINMALIG HOHE GEWINNE, gestiftet von Spendern aus ganz Europa: Villen, Mietshäuser, Gebäude in den schönsten europäischen Städten. DER GEWINN WIRD AN ORT UND STELLE ERMITTELT! Ein einfaches Los kostet 25 Rubel. Eilen Sie, die Lotterie bleibt nur EINE WOCHE in Moskau und geht dann nach Sankt Petersburg.«

Fandorin war interessiert.

»Lotterie mit sofortiger Ziehung? Eine sehr produktive Idee. Das wird den Leuten gefallen. Nicht auf die Ziehung warten müssen, sondern das Resultat sofort erfahren. Interessant. Und sieht nicht nach Gaunerei aus. Für einen Betrug die ›Polizeinachrichten‹ zu b-benutzen, das wäre schon tollkühn. Obwohl, von den ›Pikbuben‹ kann man alles erwarten … Fahren Sie mal hin, Tulpow. Hier haben Sie fünfundzwanzig Rubel. Kaufen Sie mir ein Los. Weiter.«

»NEUHEIT! Ich habe die Ehre, das geschätzte Publikum davon zu unterrichten, daß mein Museum gegenüber der Solodownikow-Passage aus London eine quicklebendige und lustige SCHIMPANSIN MIT KIND bekommen hat. Eintritt 3 Rubel. F. Patek.«

»Und was mißfällt Ihnen an der Schimpansin?« fragte der Chef achselzuckend. »Haben Sie gegen sie einen V-Verdacht?«

»Es ist ungewöhnlich«, murmelte Anissi, der, um die Wahrheit zu sagen, schrecklich gern einen Blick auf das »quicklebendige und lustige« Wunderwesen werfen wollte. »Und der Eintritt ist mächtig teuer.«

»Nein, für den ›Pikbuben‹ ist das keine Größenordnung.«

Fandorin schüttelte den Kopf. »Und als Affe kann man sich nicht tarnen. Erst recht nicht als Affenkind. Weiter.«

»Am 28. Januar dieses Jahres ist ein HUND ENTLAUFEN, ein Mischlingsrüde, großer Wuchs, hört auf den Namen Hektor, schwarz, das linke Hinterbein verkrümmt, weißer Fleck auf der Brust. Der Finder erhält 50 Rubel Belohnung. Große Ordynka, Haus der Gräfin Tolstaja, nach dem Privatdozenten Andrejew fragen.«

Bei dieser Annonce stieß der Chef einen Seufzer aus.

»Sie sind heute übermütig, Tulpow. Was wollen Sie mit einem Mischling von großem Wuchs?«

»Aber fünfzig Rubel, Erast Petrowitsch! Für einen Hofhund? Sehr verdächtig!«

»Ach, Tulpow, solche Hunde mit verkrümmter Pfote werden mehr als sch-schöne geliebt. Sie verstehen nichts von Liebe. Weiter.«

Anissi schniefte gekränkt. Und dachte: Als ob Sie viel von Liebe verstehen. Bei Ihnen im Hause wird schon frühmorgens mit den Türen geknallt, und Kaffee gibt's auch nicht. Er las die letzte Frucht der heutigen Ernte vor: *»Männliche Impotenz, Schwäche und Folgeerscheinungen von jugendlichen Lastern heilen wir mit Stromstößen und galvanischen Bädern. Doktor der Medizin Emmanuel Straus.«*

»Eindeutig ein Scharlatan«, stimmte Fandorin zu. »Aber ist das nicht eine Nummer zu klein für die ›Pikbuben‹? Sie können ja mal hinfahren und das überprüfen.«

Von seiner Expedition kehrte Anissi in der vierten Nachmittagsstunde zurück, müde und ohne Ertrag, aber in guter

Stimmung, die ihn schon seit einer Woche nicht verließ. Nun kam der angenehmste Teil der Arbeit – die Bilanz des Tages und die Schlußfolgerungen.

»Ich sehe an dem fehlenden Glanz in Ihren Augen, daß Ihre Netze leer sind«, begrüßte ihn der scharfsinnige Hofrat Fandorin, der auch gerade erst zurückgekehrt war, denn er trug noch seine Montur nebst Orden.

»Und Sie, Chef?« fragte Anissi hoffnungsvoll. »Was ist mit den Generälen? Und dem Schachspieler?«

»Die G-generäle sind echt. Der Schachspieler auch. Wirklich, eine phänomenale Begabung: Er sitzt mit dem Rücken zu den Brettern und macht keine Notizen. Von zehn Partien hat er neun gewonnen und nur eine verloren. Kein schlechtes business, wie die Geschäftswelt heute sagt. Neunhundert Rubel hat Herr Tschigorin kassiert und hundert gezahlt. Reingewinn achthundert, und das in einer guten Stunde.«

»Und gegen wen hat er verloren?« fragte Anissi neugierig.

»Gegen mich«, antwortete der Chef. »Aber das ist unwichtig, es war Zeitverschwendung.«

Schöne Zeitverschwendung! dachte Anissi. Hundert Rubel Gewinn!

Respektvoll fragte er: »Sie spielen gut Schach?«

»M-Miserabel. Zufallsglück.« Fandorin richtete vor dem Spiegel die ohnehin ideal sitzenden Ecken des gestärkten Kragens. »Wissen Sie, Tulpow, ich bin auch eine Art Phänomen. Spielleidenschaft kenne ich nicht, aber ich habe beim Spiel immer phantastisches Glück. Daran bin ich schon gewöhnt und w-wundere mich nicht mehr. Sogar beim Schachspiel. Herr Tschigorin hat die Felder verwechselt und die Dame statt auf f5 auf f6 stellen lassen, direkt vor meinen Turm, und dann war er so wütend, daß er nicht weiterspielen wollte. Trotzdem, zehn Partien blind zu spielen ist extrem schwer. Aber nun erzählen Sie.«

Anissi straffte sich, denn in solchen Momenten fühlte er sich wie beim Examen. Doch es war ein angenehmes Examen, nicht wie in der Schule. Fünfen und Sechsen gab es hier nicht, doch ein Lob für gute Beobachtung oder Einfallsreichtum fiel schon mal ab.

Heute hatte er freilich nichts zum Auftrumpfen. Erstens hatte er ein schlechtes Gewissen, denn er war doch ins Patek-Museum geschlichen und hatte staatliche 3 Rubel verausgabt, um eine halbe Stunde lang die Schimpansin mit Kind zu begaffen (die beiden waren wirklich quicklebendig und lustig, die Reklame hatte nicht gelogen), was für den Fall ohne jeden Nutzen war. Danach war er, nun aus Diensteifer, in die Große Ordynka gefahren und hatte sich von dem bebrillten Herrchen des entlaufenen Mischlings eine herzzerreißende Geschichte anhören müssen.

Von dem elektrischen Doktor Straus mochte Anissi keine Einzelheiten erzählen. Er fing zwar an, verstummte dann aber verlegen. Pflichtgemäß hatte er sich einer peinlichen und ziemlich schmerzhaften Prozedur unterzogen, und noch jetzt stach es ihn in der Leistengegend wie mit Nadeln.

»Dieser Doktor Straus ist ein widerlicher Typ«, stänkerte Anissi. »Sehr verdächtig. Stellt gemeine Fragen.« Und er schloß rachsüchtig: »Den sollte sich die Polizei mal vornehmen.«

Taktvoll fragte Fandorin nicht nach Einzelheiten. Er sagte ernst: »Sehr löblich, daß Sie sich der elektrischen Prozedur unterzogen haben, zumal in Ihrem Fall ›Folgeerscheinungen von jugendlichen Lastern‹ kaum möglich sind. Selbstaufopferung für die Sache verdient jede Anerkennung. Doch ein paar Fragen hätten vollauf genügt. Zum Beispiel, wieviel dieser Doktor für eine Sitzung nimmt.«

»Fünf Rubel. Hier ist die Quittung.« Anissi griff in die Tasche, in der er sein ganzes Rechnungswesen aufbewahrte.

»Nicht nötig.« Fandorin winkte ab. »Als ob die ›Pikbuben‹ für fünf Rubel auch nur einen Finger rühren würden.«

Anissi ließ den Kopf hängen. Sein von der Elektrizität gemarterter Körper schmerzte noch immer so sehr, daß er auf dem Stuhl hin und her rutschte, und um den ungünstigen Eindruck seiner Dusseligkeit zu verwischen, erzählte er von der wohltätigen Lotterie mit sofortiger Ziehung.

»Eine solide Angelegenheit. Mit einem Wort – Europa. Sie haben die Beletage des Vormundschaftsrats der Waisenfürsorge gemietet. Eine Schlange die ganze Treppe herunter, Leute verschiedenen Ranges und Standes, nicht wenig Adlige. Erast Petrowitsch, ich habe vierzig Minuten angestanden, bis ich an der Reihe war. Wir Russen sind ja doch zur Wohltätigkeit geneigt.«

Fandorin zupfte nachdenklich an seinen Augenbrauen.

»Sie meinen also, die Sache ist s-sauber? Keine Gaunerei?«

»Aber nein! An der Tür steht ein Schutzmann mit umgeschnalltem Säbel. Er begrüßt jeden, salutiert. Wenn man reinkommt, ist da ein Schreibpult, dahinter steht ein sehr bescheidenes, nettes Fräulein mit Kneifer, ganz in Schwarz, aber mit weißem Kopftuch, auf der Brust ein Kreuz. Eine Nonne oder Novizin, vielleicht auch bloß eine freiwillige Helferin, das weiß man bei den Ausländern nicht so genau. Sie nimmt das Geld entgegen und fordert einen auf, die Trommel zu drehen. Sie spricht ein fehlerfreies Russisch mit leichtem Akzent. Man dreht selbst und zieht selbst sein Los, alles ganz ehrlich. Die Trommel ist aus Glas, darin sind lauter Papierröllchen, hellblaue für 25 Rubel und rosafarbene für 50 – wer mehr spenden möchte. Ich habe allerdings nicht gesehen, daß jemand eines für 50 nahm. Man öffnet das Los sofort vor aller Augen. Hat man nichts gewonnen, so steht darauf: ›Gott schütze Sie.‹ Da.« Anissi holte ein hübsches hellblaues Papierchen mit Frakturschrift hervor. »Wer aber was gewonnen hat, der geht hinter die Barriere zu einem Tisch, an dem sitzt der Vorsteher der Lotterie, ein repräsentabler älterer Herr mit geistlichem Rang. Er erledigt das mit den Preisen. Wer kein Glück hatte, dem dankt das Fräulein herzlich und heftet ihm eine schöne Papierrose an die Brust, als Zeichen der Barmherzigkeit.«

Anissi holte die sorgsam verwahrte Rose hervor, mit der er Sonja eine Freude machen wollte.

Fandorin betrachtete die Rose und schnupperte sogar daran.

»Riecht nach ›Parmaveilchen‹«, bemerkte er. »Das ist ein teures P-Parfüm. Also ein bescheidenes Fräulein, sagen Sie?«

»Sehr«, bestätigte Anissi. »Und sie lächelt so schüchtern.«

»Soso. Und, gibt es auch Gewinne?«

»Und ob!« rief Anissi lebhaft. »Als ich noch auf der

Treppe anstand, kam ein glücklicher Herr heraus, ein Professor wohl, ganz rot im Gesicht. Er schwenkte ein Papier mit Stempeln – hatte ein Landgut in Böhmen gewonnen! Fünfhundert Deßjatinen! Und am Morgen, so wurde erzählt, hatte eine Beamtenwitwe ein Mietshaus mitten in Paris gezogen! Sechs Etagen! So was von Glück! Sie soll ohnmächtig geworden sein, man mußte ihr Riechsalz geben. Nachdem der Professor das Landgut gewonnen hatte, kauften viele gleich zwei oder drei Lose. Bei solchen Gewinnen zahlt man doch gerne fünfundzwanzig Rubel! Ach, wenn ich eigenes Geld dabeigehabt hätte, würde ich auch mein Glück versucht haben.«

Anissi blickte träumerisch zur Decke und malte sich aus, wie er solch ein Röllchen auffaltete, und da … Was ist das? Na, zum Beispiel ein Chateau am Genfer See (er hatte den berühmten See auf einem Bild gesehen – schön!).

»Sechs Etagen?« fragte der Hofrat etwas unpassend. »In Paris? Und ein Landgut in B-Böhmen? Soso. Wissen Sie was, Tulpow, lassen Sie uns hinfahren, ich werde auch in Ihrer Lotterie spielen. Schaffen wir's, bis geschlossen wird?«

Von wegen kaltblütig! Und er sagt, daß er Spielleidenschaft nicht kennt.

Sie schafften es gerade noch. Die Schlange auf der Treppe war nicht kürzer geworden, die Lotterie hatte bis halb sechs geöffnet, und fünf war schon vorbei. Die Leute waren nervös. Fandorin stieg langsam die Stufen hinauf, sagte höflich an der Tür: »Erlauben Sie, meine Herren, ich w-will nur schauen.«

Und was meinen Sie? Er wurde ohne Murren durchgelassen. Mich hätten sie glatt rausgeschmissen, dachte Anissi ehrfurchtsvoll, doch bei dem kommt das keinem in den Sinn.

Der diensttuende Schutzmann am Eingang, ein straffer junger Mann mit verwegen aufgezwirbeltem rötlichem Schnauz, salutierte, indem er die Hand an die graue Lammfellmütze hob. Fandorin schritt durch den großen Raum, den die Barriere in zwei Hälften teilte. Anissi hatte sich die Einrichtung der Lotterie schon beim erstenmal angesehen und schaute nun sofort neiderfüllt auf die rotierende Trommel. Und auf das nette Fräulein, das eben einem traurigen Studenten eine Blume ans Revers heftete und etwas Tröstliches zu ihm sagte.

Der Hofrat besah die Trommel sehr aufmerksam und richtete dann sein Augenmerk auf den Vorsitzenden, einen gut aussehenden glattrasierten Herrn, der eine Jacke mit weißem Stehkragen trug. Der Herr langweilte sich sichtlich, er gähnte sogar und hielt taktvoll die Hand vor den Mund.

Fandorin tippte mit dem Finger im weißen Handschuh auf das Schildchen »Herren, die ein rosa Los kaufen, werden außer der Reihe bedient« und fragte: »Mademoiselle, kann ich ein rosa Los haben?«

»Aber ja, natürlich, Sie sind ein guter Christ.« Das Fräulein beschenkte den Spender mit einem strahlenden Lächeln, schob ein herausgerutschtes goldenes Löckchen zurück unters Kopftuch und nahm von Fandorin den buntschimmernden Fünfzigrubelschein entgegen.

Anissi beobachtete mit angehaltenem Atem, wie der Chef

lässig mit zwei Fingern das erstbeste rosa Los aus der Trommel zog und auseinanderfaltete.

»Was, eine Niete?« rief das Fräulein enttäuscht. »Ach, ich war so sicher, daß Sie gewinnen! Der letzte Herr, der ein rosa Los nahm, hat einen richtigen Palazzo in Venedig gewonnen! Mit eigenem Anlegesteg für Gondeln und einer Kutschenauffahrt. Vielleicht versuchen Sie es noch einmal, mein Herr?«

»Mit Kutschenauffahrt, was Sie nicht sagen.« Fandorin schnalzte mit der Zunge und betrachtete das Bildchen auf dem Los: Ein geflügelter Engel faltet betend die Hände unter einem Lappen, der wohl das Grabtuch Christi darstellen sollte.

Fandorin wandte sich dem Publikum zu, lüpfte höflich den Zylinder und verkündete mit lauter, entschlossener Stimme: »Meine Damen und Herren, ich bin Erast Petrowitsch Fandorin, Beamter für Sonderaufträge bei Seiner Erlaucht dem Generalgouverneur. Diese Lotterie wird hiermit geschlossen wegen des Verdachts auf Betrug. Schutzmann, Sie räumen sofort den Saal und lassen niemanden mehr herein!«

»Zu Befehl, Euer Hochwohlgeboren!« blaffte der Schutzmann mit dem rötlichen Schnauz, er zweifelte nicht im geringsten an den Vollmachten des so resolut auftretenden Herrn.

Der Schutzmann war seiner Aufgabe voll gewachsen, er fuchtelte mit den Armen, wie um Gänse zu scheuchen, und trieb hurtig die aufgeregt schnatternden Kunden vor die Tür. Kaum hatte er gebrüllt: »Gehen Sie, gehen Sie, Sie sehen doch, was hier los ist!«, hatte sich der Raum auch schon geleert, und der Ordnungshüter baute sich stramm an der Tür auf, bereit, den nächsten Befehl auszuführen.

Der Hofrat nickte zufrieden und drehte sich zu Anisssi um, der nach dieser überraschenden Wendung der Ereignisse mit hängendem Unterkiefer dastand.

Der ältere Herr – Pater oder Pastor, wer wollte das wissen – war auch nicht ganz bei sich, er hatte sich hinter seinem Schreibtisch aufgerichtet und klapperte mit den Augen.

Dafür zeigte das bescheidene Fräulein ein ganz erstaunliches Benehmen.

Sie zwinkerte plötzlich mit ihren tiefblauen Augen hinterm Kneifer Anissi zu, lief leichtfüßig durchs Zimmer und schwang sich mit dem Ruf »hoppla« auf das breite Fensterbrett. Sie drehte den Griff und stieß das Fenster auf. Frische und Kälte wehte herein.

»Halt sie!« schrie Fandorin.

Anissi sauste hinter dem flinken Mädchen her. Er streckte die Hand aus, um ihren Rockschoß zu packen, doch seine Finger glitten nur über die glatte Seide. Das Fräulein sprang hinaus, und Tulpow, der mit dem Bauch auf das Fensterbrett fiel, sah, wie sich ihre Röcke im freien Fall graziös blähten.

Die Beletage lag hoch, aber die wagemutige Springerin landete mit katzenhafter Geschicklichkeit im Schnee und fiel nicht mal hin. Sie drehte sich um, winkte Anissi zu, schürzte den Rocksaum (darunter kamen schlanke Beine in hohen Überschuhen und schwarzen Strümpfen zum Vorschein) und rannte das Trottoir entlang. Im nächsten Moment entschwand sie aus dem Lichtkreis der Laterne und löste sich in der rasch zunehmenden Dämmerung auf.

»O Gott!« Anissi erklomm das Fensterbrett und bekreuzigte sich. Er wußte ganz genau, daß er gleich unten aufschlagen würde; gut noch, wenn er sich nur das Bein brach und nicht das Rückgrat. Was sollte dann aus ihm und Sonja werden? Gelähmter Bruder und schwachsinnige Schwester, ein schönes Paar.

Er kniff die Augen zu, um zu springen, aber die kräftige Hand des Chefs hielt ihn zurück.

»Lassen Sie«, sagte Fandorin und blickte dem flotten Fräulein mit fröhlichem Staunen hinterher. »Das Hauptsubjekt h-haben wir.«

Der Hofrat ging ohne Eile zu dem Vorsitzenden der Lotterie. Der riß die Hände hoch, als wollte er sich gefangen geben, und ratterte los, ohne eine Frage abzuwarten: »Euer … Euer Hochwohl… Ich habe nur für eine kleine Vergütung … Ich weiß von nichts, tue nur, was man mir sagt … Den Herrn da müssen Sie fragen … Der den Schutzmann spielt …«

Fandorin und Anissi drehten sich in Richtung des zitternden Zeigefingers um, doch kein Schutzmann war zu sehen. Nur die Fellmütze schaukelte am Haken.

Der Chef stürzte zur Tür, Anissi hinterher. Auf der Treppe drängte sich die aufgeregte Menge – da war kein Durchkommen.

Fandorin verzog den Mund, schlug sich mit den Knöcheln gegen die Stirn und knallte die Tür zu.

Anissi untersuchte derweil die Fellmütze, die der falsche Polizist zurückgelassen hatte. Es war eine gewöhnliche Mütze, nur war innen eine Spielkarte ans Futter geheftet: ein kokett lächelnder Pikbube mit Federhut.

»Aber wie konnten Sie das wissen, Chef?« stammelte Anissi entgeistert und sah den wütenden Fandorin an. »Wie sind Sie darauf gekommen? Sie sind wahrlich ein Genie!«

»Ich bin kein Genie, sondern ein Dummkopf!« fauchte Fandorin ärgerlich. »Wie ein blutiger Anfänger habe ich mich einseifen lassen! Falle auf einen Strohmann herein und lasse den Anführer entkommen! Ein gerissener Halunke! Wie ich darauf gekommen bin, fragen Sie? Das war nicht weiter schwer. Ich sagte Ihnen doch, daß ich beim Spielen nie verliere, besonders bei G-Glücksspielen nicht. Als das Los eine Niete war, wußte ich gleich: Betrug.« Nach kurzem Zögern fügte er hinzu: »Außerdem, seit wann hat ein venezianischer Palazzo eine K-Kutschenauffahrt? In Venedig gibt es gar keine Kutschen, nur Gondeln ...«

Anissi wollte fragen, woher der Chef wußte, daß der »Pikbube« in die Sache verwickelt war, aber er kam nicht dazu, denn Fandorin schrie wütend: »Was starren Sie die verdammte Mütze an? Was ist daran so interessant?«

Eine Schuld wird durchs Zahlen erst schön

Was er nicht ausstehen konnte, waren Rätsel und Unerklärlichkeiten. Jedes Vorkommnis, und sei es ein sprießender Pickel auf der Nase, hat seine Vorgeschichte und seine Ursachen. Einfach so, aus dem Nichts, geschieht gar nichts auf dieser Welt.

Und nun war plötzlich – s'il vous plaît – die sorgfältig ausgearbeitete, schöne, ach, nur keine falsche Bescheidenheit, die *geniale* Operation geplatzt, noch dazu ohne ersichtlichen Grund!

Die Tür des Arbeitszimmers ging widerlich quietschend auf, und im Spalt zeigte sich Mimis Gesicht. Momus zerrte den Lederpantoffel vom Fuß und warf ihn wütend nach ihrem goldblonden Pony – bleib draußen, stör mich nicht beim Denken. Die Tür klappte zu. Erbittert zauste er sich die Haare, so daß die Lockenwickler nach allen Seiten flogen, und ließ, an seinem Tschibuk knabbernd, die kupferne Feder übers Papier kratzen.

Die Bilanz der Einnahmen und Ausgaben war miserabel.

Nach grober Schätzung hatte die Lotterie am Ende des ersten Tages sieben- bis achttausend Rubel eingebracht. Die Kasse war beschlagnahmt – ein direkter Verlust.

In einer Woche hätte die Lotterie, erst einmal in Schwung

gekommen, bei vorsichtiger Schätzung sechzigtausend bringen sollen. Dann hätten sie aufhören müssen, sonst fuhr womöglich ein ungeduldiger Gewinner nach Paris, um seine Villa in Augenschein zu nehmen, und sah, daß hinter dem Grabtuch Christi etwas anderes steckte als erwartet. Aber eine Woche lang hätten sie schon Honig einsammeln können.

Also, entgangener Ertrag – mindestens sechzigtausend.

Und die Kosten für die Vorbereitung? Gewiß, Lappalien: die Miete für die Beletage, Druckkosten für die Lose, die Equipierung. Aber es ging ums Prinzip: Momus war im Minus!

Außerdem war der Tölpel geschnappt worden. Der wußte zwar fast nichts, aber es war unschön, unsauber. Und es war schade um den alten Narren, einen trunksüchtigen Knattermimen vom Maly-Theater, der jetzt für lächerliche dreißig Rubel Vorschuß den Flöhen im Kittchen zur Nahrung diente.

Wirklich schade aber war es um die glänzende Idee! Lotterie mit sofortiger Ziehung – das war doch was! Bei den herkömmlichen Lotterien, die natürlich auch Gaunerstücke sind, zahlt der Kunde erst mal Geld, dann muß er auf die Ziehung warten. Doch an der kann er nicht teilnehmen. Warum soll er aufs bloße Wort glauben, daß alles mit rechten Dingen zugeht? Und wer wartet auch schon gern? Die Menschen sind ungeduldig.

Bei uns dagegen zieht man mit eigenen Händen das hübsche, knisternde Los – die Fahrkarte ins Paradies. Ein Engelchen lockt dich: Zweifle nicht, du Einfaltspinsel. Was steckt unter dem verführerischen Bildchen außer dem reinen Vergnügen? Pech gehabt? Macht nichts, versuch's noch mal!

Die Details sind natürlich wichtig. Nicht einfach eine wohltätige Lotterie soll es sein, nein, eine europäische, evangelische. Die Orthodoxen mögen keine Andersgläubigen, aber in Gelddingen vertrauen sie ihnen mehr als den eigenen Leuten, das ist sicher. Sich nicht irgendwo etablieren, sondern im Vormundschaftsrat der Fürsorge. Und in der Polizeizeitung annoncieren. Die Moskauer lesen sie gern, erstens, und zweitens, wer argwöhnt hier schon ein unsauberes Spiel? Und am Eingang ein Schutzmann.

Momus riß einen Lockenwickler ab, zog eine Strähne von der Stirn zu den Augen – die rötliche Färbung war fast weg. Einmal noch waschen, und fertig. Schade, daß die Haarspitzen vom häufigen Färben ausbleichten und brachen. Aber das gehörte zum Berufsrisiko.

Wieder quietschte die Tür, und Mimi sagte rasch: »Katerchen, nicht schmeißen, man bringt, was du verlangt hast.«

Momus fuhr hoch.

»Wer? Sljunkow?«

»Ich weiß nicht, so ein Ekliger, mit glatt zurückgekämmtem Haar. Den du zu Weihnachten beim Wint ausgenommen hast.«

»Soll reinkommen.«

Wenn Momus sich auf ein neues Territorium begab, suchte er sich als erstes nützliche Leutchen. Wie auf der Jagd: Man kommt in einen wildreichen Waldesgrund – und orientiert sich, merkt sich Pfade und bequeme Verstecke, studiert die Gepflogenheiten der Tiere. So hatte Momus auch in Moskau seine Informanten in verschiedenen Schlüsselpositionen. Solche wie Sljunkow, ein Mann auf unbedeutendem Posten, Schreiber in der Geheimabteilung der Kanzlei des Generalgouverneurs, doch von großem Nutzen. Bei der Geschichte mit dem Engländer hatte er gute Dienste geleistet, und jetzt kam er eben recht. Ihn in die Hand zu bekommen war kinderleicht gewesen: Sljunkow hatte dreieinhalb Riesen an Momus verspielt und riß sich jetzt ein Bein aus, um seinen Schuldschein zurückzuerhalten.

Herein kam ein glattgeleckter Mann mit Plattfüßen, ein Mäppchen unterm Arm. Er sprach halb flüsternd und blickte dabei zur Tür: »Antoine Bonifatjewitsch« (Momus hatte sich als Franzose ausgegeben), »um Gottes willen, mir droht Zwangsarbeit, machen Sie schnell, richten Sie mich nicht zugrunde! Mir zittern die Nerven!«

Momus machte wortlos ein Zeichen: Leg die Mappe auf den Tisch, und winkte: Warte draußen.

Die Mappe trug folgende Aufschrift:

Beamter für Sonderaufträge

ERAST PETROWITSCH FANDORIN:

Links oben war ein Stempel:

Verwaltung des Moskauer

Generalgouverneurs.

Geheimer Schriftverkehr.

Handschriftlich stand darunter: *Streng geheim.*

Auf der Innenseite des Aktendeckels klebte ein Verzeichnis der Dokumente:

Dienstliste
Vertrauliche Charakteristik
Persönliche Informationen

Na, wollen doch mal sehen, was das für einer ist, dieser Fandorin, der uns jetzt in die Suppe spuckt.

Eine halbe Stunde später verließ der Kanzleischreiber auf Zehenspitzen das Zimmer, die Geheimmappe unterm Arm und einen quittierten Wechsel über fünfhundert Rubel in der Tasche. Für seinen Judasdienst hätte er verdient, alle seine Wechsel zurückzubekommen, aber das würde wohl noch dauern.

Momus ging nachdenklich im Arbeitszimmer auf und ab und spielte zerstreut mit der Quaste seines Hausmantels. So einer bist du also! Entlarver von Verschwörungen, Meister der geheimen Ermittlungen. Mit Orden und Medaillen dekoriert wie eine Champagnerflasche. Träger des Chrysanthemenordens, na toll. Hast dich auch in der Türkei und in Japan hervorgetan und mit Sonderaufträgen Europa bereist. Tja, ein ernst zu nehmender Herr.

In der Charakteristik stand: »Außergewöhnlich befähigt für heikle und geheime Missionen, besonders solche, die kriminalpolizeiliche Deduktion erfordern.« Hm. Man müßte wissen, wie es der Herr Hofrat fertiggebracht hatte, gleich am ersten Tag die Lotterie auseinander zu deduzieren.

Na warte nur, du japanischer Wolf, wir werden ja sehen, wer wem den Schwanz einklemmt, drohte Momus seinem unsichtbaren Opponenten.

Aber sich ausschließlich auf offizielle Papiere zu verlassen, und seien sie noch so geheim, stand nicht dafür. Er mußte seine Informationen über diesen Herrn Fandorin vervollständigen und »mit Leben erfüllen«.

Die »Erfüllung mit Leben« dauerte drei Tage.

In dieser Zeit tat Momus folgendes.

Er verwandelte sich in einen stellungsuchenden Lakaien und freundete sich mit Prokop Kusmitsch an, dem Hausmeister von Fandorins Vermieter. Sie tranken zusammen Monopolschnaps, aßen gesalzene Reizker dazu und redeten über dies und das.

Er besuchte das Korsch-Theater und beobachtete die Loge, in welcher der Beamte für Sonderaufträge und die Dame seines Herzens, die entlaufene Gattin des Petersburger Kammerherrn Opraxin, saßen. Er blickte nicht auf die Bühne, wo ausgerechnet die Komödie »Der Sonderauftrag« des Herrn Nikolajew gespielt wurde, sondern ausschließlich zu Fandorin und seiner Flamme. Dabei kam ihm trefflich das Zeissglas zustatten, das wie ein Operngucker aussah, aber zehnfach vergrößerte. Die Gräfin war natürlich bildschön, doch nicht nach Momus' Geschmack. Er kannte diese Sorte Frauen und zog es vor, sich aus der Ferne an ihrer Schönheit zu weiden.

Mimi hatte auch ihren Beitrag geleistet. Als Modistin getarnt, hatte sie sich mit dem Zimmermädchen der Gräfin, Natascha, bekannt gemacht und ihr ein neues Sergekleid zu einem günstigen Preis verkauft. Dann hatten sie Kaffee und Kuchen genossen und über Frauensachen geschwatzt und getratscht.

Am Ende des dritten Tags war der Plan für den Gegenschlag

fertig. Er würde raffiniert und elegant ausfallen – wie es sich gehörte.

Die Operation wurde für Sonnabend, den 15. Februar, anberaumt.

Die Kampfhandlungen entfalteten sich entsprechend der ausgearbeiteten Disposition. Um dreiviertel elf, als in den Fenstern des Seitenflügels auf der Kleinen Nikitskaja die Stores aufgezogen wurden, brachte der Postbote ein dringendes Telegramm auf den Namen der Gräfin Opraxina.

Momus saß in einer Kutsche schräg gegenüber dem Tor des Grundstücks und blickte auf die Uhr. Hinter den Fenstern des Seitenflügels war Bewegung zu bemerken, und es tönten wohl sogar Frauenschreie. Dreizehn Minuten nach Eingang der Depesche kamen Herr Fandorin und die Gräfin aus dem Haus. Hinter ihnen trippelte, ein Kopftuch umbindend, eine rosige junge Frau, das erwähnte Zimmermädchen Natascha. Madame Opraxina war ganz echauffiert, und der Hofrat redete, offenbar beruhigend, auf sie ein, doch die Gräfin wünschte sich nicht zu beruhigen. Nun, man konnte Ihre Erlaucht verstehen. Das Telegramm lautete: »Addy, ich komme mit dem Elf-Uhr-Zug in Moskau an und fahre gleich zu Ihnen. So kann es nicht weitergehen. Entweder kommen Sie mit mir, oder ich erschieße mich vor Ihren Augen. Ihr um den Verstand gebrachter Toni.«

So nannte die Gräfin, nach Informationen des Zimmermädchens, ihren zwar verlassenen, doch rechtmäßigen Gatten, den Geheimrat und Kammerherrn Graf Anton Apollonowitsch Opraxin. Natürlich hatte Monsieur Fandorin sofort beschlossen, die Dame vor der unerfreulichen Szene zu bewahren. Bei der Evakuierung begleitete er sie selbstverständlich, zumal ihre Nerven angegriffen waren und sie langwährenden Trostes bedurfte.

Als der auffällige Fandorinsche Schlitten mit der warmen Fußdecke aus amerikanischem Bärenfell um die Ecke gebogen war, rauchte Momus in Ruhe seine Zigarre zu Ende, prüfte dann im Taschenspiegel, ob seine Maskierung in Ordnung war, und stieg genau um elf Uhr zwanzig aus der Kutsche. Er trug die Montur eines Kammerherrn mit Schärpe und Stern, einem Degen und einem Dreispitz mit Federbusch. Für jemanden, der soeben dem Zug entstiegen war, sah das gewiß sonderbar aus, aber es sollte ja den asiatischen Diener beeindrucken. Vor allem Tempo und Nachdruck. Nicht zur Besinnung kommen lassen.

Momus durchschritt entschlossen das Tor, überquerte halb laufend den Hof und hämmerte lautstark gegen die Tür des Seitenflügels, obwohl er die Klingel sehr wohl sah.

Ihm öffnete Fandorins Kammerdiener. Der Japaner Masa war seinem Herrn grenzenlos ergeben. Dieses Wissen wie auch das am Vorabend studierte Buch des Herrn Goschkewitsch über die japanischen Sitten und Gebräuche halfen Momus, sein Vorgehen festzulegen.

»Ah, Monsieur Fandorin!« brüllte Momus den schlitzäugigen Knirps an und rollte blutgierig die Augen. »Räuber fremder Ehefrauen! Wo ist sie? Wo ist meine vergötterte Addy? Was haben Sie mit ihr gemacht?«

Wenn man dem Herrn Goschkewitsch glaubte (und warum sollte man einem angesehenen Gelehrten nicht glauben?), gibt es für einen Japaner nichts Schlimmeres als eine beschämende Situation und einen öffentlichen Skandal. Überdies sei bei den gelbgesichtigen Söhnen des Mikado sehr stark das Gefühl der Verantwortung gegenüber ihrem Lehnsherrn ausgeprägt, und der Hofrat war für den Rundgesichtigen eben der Lehnsherr.

Der Kammerdiener war in der Tat aufs höchste erschrokken. Er verbeugte sich tief und murmelte: »Enssuldigen, enssuldigen. Mein Ssuld. Ich sie genommen, nichlückgebe.«

Momus hatte nicht verstanden, aber eines war klar: Wie es sich für einen japanischen Vasallen gehörte, war der Kammerdiener bereit, die Schuld seines Herrn auf sich zu nehmen. Guter Mann, dieser Masa, leider keiner von uns.

»Sie mich töten, ich ssuld.« Der treue Diener verbeugte sich, wich zurück und winkte den drohenden Besucher ins Innere des Hauses.

Aha, die Nachbarn sollen nichts mitkriegen, erriet Momus. Nun, das deckte sich mit seinen eigenen Plänen.

Momus, in die Diele getreten, tat, als sähe er sich den Mann erst jetzt genauer an und begriffe seinen Irrtum.

»Sie sind ja gar nicht Fandorin! Wo ist er? Und wo ist meine Allerliebste?«

Der Japaner wich zur Salontür zurück und verbeugte sich unaufhörlich. Er begriff, daß er nicht länger den Herrn spielen konnte, richtete sich auf, kreuzte die Arme vor der Brust und sagte akzentuiert: » Meine Herr nich da. Weggefahlen. Gans weg.«

»Du lügst, Halunke.« Momus stöhnte, stieß Fandorins Vasallen beiseite und stürmte vorwärts.

Im Salon saß, den Kopf verängstigt zwischen die Schultern gezogen, ein breitohriger, pickeliger Schwächling in einem abgeschabten Gehrock. Dessen Anwesenheit überraschte Momus nicht. Der Mann hieß Anissi Tulpow und war ein kleiner Angestellter von der Gendarmerieverwaltung. Er kam jeden Morgen und war auch in der Lotterie gewesen.

»Ah!« rief Momus martialisch. »Da sind Sie also, Herr Wüstling!«

Der Breitohrige sprang auf, schluckte krampfhaft, stammelte: »Euer Erl... Euer hohe Exzellenz ... Ich bin eigentlich ...«

Aha, kombinierte Momus, der Bengel ist im Bilde über die persönlichen Umstände seines Chefs.

»Womit haben Sie sie verlockt?« wehklagte Momus. »Mein Gott, Addy!« brüllte er aus vollem Halse und sah sich um. »Wie hat dieses Scheusal es fertiggebracht, dich zu verführen?«

Bei dem Wort »Scheusal« lief der Schwächling rot an und runzelte die Stirn. Momus mußte seine Taktik ändern.

»Bist du etwa diesem lasterhaften Blick und diesem Lüstlingsmund erlegen?« heulte er, an die unsichtbare Addy gewandt. »Dieser geile Satyr, dieser ›Träger des Chrysanthemenordens‹ will doch nur deinen Körper, aber mir ist deine Seele kostbar! Wo bist du?«

Der Milchbart straffte sich.

»Mein Herr, Euer Exzellenz, ich kenne durch einen reinen Zufall die delikaten Umstände dieser Geschichte. Ich bin nicht Erast Fandorin, wie Sie zu glauben scheinen. Seine

Hochwohlgeboren ist nicht hier. Die Gräfin Ariadna auch nicht. Es hat also keinen Zweck, wenn Sie …«

»Nicht hier?« fiel Momus ihm mit erloschener Stimme ins Wort und sank kraftlos auf einen Stuhl. »Wo ist denn mein Kätzchen?«

Als er keine Antwort bekam, schrie er: »Nein, ich glaube es nicht! Ich weiß genau, daß sie hier ist!«

Wie ein Wirbelwind sauste er durchs Haus, riß überall die Türen auf. Flüchtig dachte er: schöne Bleibe, und geschmackvoll eingerichtet. In einem Zimmer stand ein Toilettentischchen voller Döschen und Kristallflakons. Er erstarrte, schluchzte.

»Mein Gott, das ist ihre Schatulle. Und ihr Fächer.«

Er schlug die Hände vors Gesicht.

»Und ich hatte immer noch gehofft, daß es nicht stimmt …«

Der folgende Trick war für den Japaner bestimmt, der hinter ihm schnaufte. Dem sollte das gefallen.

Er zog den Degen aus der Scheide und zischte mit verzerrtem Gesicht: »Nein, dann lieber den Tod. Diese Schande überlebe ich nicht.«

Der pickelige Anissi Tulpow ächzte auf vor Entsetzen, der Kammerdiener hingegen warf dem gehörnten Ehemann einen Blick voller Hochachtung zu.

»Selbstmord ist eine schwere Sünde«, sagte Tulpow sehr aufgeregt, die Hände an die Brust gedrückt. »Sie töten Ihre Seele und verurteilen Ihre Gattin zu ewigen Leiden. Es ist doch Liebe, Euer Exzellenz, da kann man nichts machen. Verzeihen muß man als Christenmensch.«

»Verzeihen?« stammelte der unglückliche Kammerherr verwirrt. »Als Christenmensch?«

»Ja!« rief der junge Mann feurig. »Ich weiß, es ist schwer, aber dann wird Ihnen ein Stein vom Herzen fallen, Sie werden sehen.«

Momus wischte erschüttert eine Träne weg.

»Wirklich, verzeihen, alles vergessen ... Sollen die Leute lachen, mich verachten. Ehen werden im Himmel geschlossen. Ich nehme sie mit, meine Herzliebste. Ich rette sie!«

Betend kehrte er die Augen himmelwärts, und über seine Wangen kullerten große Tränen – Momus hatte diese wunderbare Gabe.

Der japanische Kammerdiener wurde lebhaft.

»Jaja, mitnehmen, mitnehmen nachhause, gans nachhause.« Er nickte. »Wie ssön, wie edel. Wozu Harakiri, das nich muß sein, nich ssön.«

Momus stand mit gesenkten Lidern und leidend zusammengezogenen Brauen da. Die beiden warteten mit angehaltenem Atem, welches Gefühl obsiegen würde: die verletzte Eitelkeit oder der Edelmut.

Der Edelmut siegte.

Momus schüttelte energisch den Kopf und verkündete: »Nun, dann mag es so sein. Der Herrgott hat mich vor einer Todsünde bewahrt.« Er schob den Degen zurück in die Scheide und bekreuzigte sich, weit ausholend. »Sei bedankt, guter Mann, daß du eine christliche Seele vor dem Untergang bewahrt hast.«

Er reichte dem Schwächling die Hand, und der drückte sie tränenden Auges und ließ sie nicht gleich wieder los.

Der Japaner fragte nervös: »Sie nehmen nachhause? Gans nachhause?«

»Jaja, mein Freund.« Momus nickte mit edler Trauer. »Ich bin mit der Kutsche hier. Pack ihre Sachen zusammen, ihre Kleider, ihren Schmuckkram.« Seine Stimme bebte, die Schultern zuckten.

Der Kammerdiener eilte bereitwillig, wie aus Furcht, der leidgeprüfte Ehemann könne es sich noch anders überlegen, davon, um Truhen und Koffer vollzustopfen. Der Pickelige schleppte die Sachen ächzend in den Hof. Momus ging noch einmal durch die Zimmer, betrachtete die japanischen Gravüren. Darunter waren sehr sehenswerte mit anstößigem Inhalt. Ein paar von den pikanten schob er in den Rock – Mimi würde sich amüsieren. Im Arbeitszimmer des Hausherrn schnappte er sich noch den Nephrit-Rosenkranz, zur Erinnerung. Dafür ließ er etwas zurück, auch zur Erinnerung.

Das Verladen des Gepäcks hatte keine zehn Minuten gedauert.

Beide, der Kammerdiener und der kleine Sekretär, begleiteten den »Grafen« zur Kutsche und halfen ihm sogar beim Einsteigen. Der Wagen lag jetzt tiefer durch das Gewicht von Addys Gepäck.

»Fahr los.« Momus nickte melancholisch dem Kutscher zu und verließ das Schlachtfeld.

Die Schatulle mit den Preziosen der Gräfin hielt er in der Hand, ließ die blitzenden Steinchen liebevoll durch die Finger gleiten. Es war keine schlechte Beute. Das Angenehme hatte sich aufs glücklichste mit dem Nützlichen verbunden.

Allein das Saphirdiadem, das ihm schon im Theater aufgefallen war, dürfte dreißigtausend bringen. Oder ob er es Mimi schenkte, zu ihren blauen Augen?

Als er die Twerskaja entlangfuhr, kam ihm der bekannte Schlitten entgegengejagt. Der Hofrat war allein, sein Pelz stand offen, das Gesicht war bleich und entschlossen. Er fährt zu dem wütenden Ehemann, um sich mit ihm auseinanderzusetzen, dachte Momus. Löblich – ein tapferer Mann. Nur wirst du dich nicht mit ihm auseinanderzusetzen haben, sondern mit Madame Addy, mein Lieber, und nach meinen Informationen und persönlichen Eindrücken wird das nicht leicht sein. Addy setzt dich matti, kalauerte Momus nicht sehr geschickt, gleichwohl lachte er zufrieden.

Sie werden schon sehen, Herr Fandorin, was es heißt, Momus an den Karren zu fahren. Eine Schuld wird durchs Zahlen erst schön.

Eine Birkhuhnjagd

Die Beratung zum Fall »Pikbube« fand im engsten Kreise statt: Seine Erlaucht Fürst Dolgorukoi, Frol Wedistschew, Erast Fandorin und, als Mäuslein im Eck, der Gottesknecht Anissi Tulpow.

Es war schon Abend, die Lampe mit dem grünen Seidenschirm beleuchtete nur den Schreibtisch des Generalgouverneurs und seine nähere Umgebung, so daß Tulpow kaum zu sehen war – in den Winkeln des Arbeitszimmers lagen sanfte Schatten.

Die halblaute Stimme des Berichterstatters klang monoton, und der Generalgouverneur schien entschlummert zu sein, denn die faltigen Lider waren herabgesunken, und der lange Schnurrbart zuckte im Takt des gleichmäßigen Atmens.

Dabei näherte sich der Bericht eben dem spannendsten Teil – den Schlußfolgerungen.

»Es ist vernünftigerweise a-anzunehmen«, legte Fandorin dar, »daß folgende Leute zu der Bande gehören: der ›Herzog‹, ›Speyer‹, der ›Notar‹, der ›Polizist‹, das Mädchen mit den ungewöhnlichen gymnastischen Fähigkeiten, ›Graf Opraxin‹ und sein Kutscher.«

Bei den Worten »Graf Opraxin« bog sich Fandorins

Mundwinkel schmerzlich nach unten, und im Arbeitszimmer herrschte taktvolles Schweigen. Als Anissi jedoch genauer hinsah, merkte er, daß nur er selbst taktvoll schwieg; die übrigen schwiegen zwar auch, doch ohne Takt: Wedistschew lächelte ganz offen hämisch, und Seine Erlaucht blinzelte mit einem Auge und brummte vielsagend.

Dabei war es gestern ganz und gar nicht lustig zugegangen. Als der Chef den Pikbuben entdeckte (im Arbeitszimmer auf dem malachitenen Löscher, wo zuvor der Nephrit-Rosenkranz gelegen hatte), verlor er seine immerwährende Beherrschung. Anissi machte er keinerlei Vorwurf, aber seinen Diener beschimpfte er gröblich auf japanisch. Der unglückliche Masa härmte sich so sehr, daß er Hand an sich legen wollte und in die Küche lief, um das Brotmesser zu holen. Fandorin brauchte lange, um den Ärmsten zu beruhigen.

Allein, das waren Lappalien, verglichen mit dem Weltuntergang, der mit Addys Rückkehr begann.

Bei der Erinnerung daran erschauerte Anissi. Sie hatte dem Chef ein brutales Ultimatum gestellt: Solange er ihre Garderobe, ihre Parfüms und ihre Juwelen nicht zurückbringe, werde sie nur noch in demselben Kleid und demselben Zobelcape herumlaufen, sich nicht parfümieren und immer nur dieselben Perlohrringe tragen. Und wenn sie davon erkranke, werde das einzig und allein seine Schuld sein. Mehr hatte Anissi nicht gehört, denn der Kleinmut hatte ihn übermannt, und er war retiriert, aber nach dem blassen Aussehen und den blauen Augenringen des Hofrats heute morgen zu urteilen, hatte dieser in der Nacht keinen Schlaf gefunden.

»Ich hatte Sie gewarnt, mein Lieber, daß Ihre Eskapade kein gutes Ende nimmt«, sagte der Fürst belehrend. »Das ist wirklich unerquicklich. Eine anständige Dame der höchsten Gesellschaft, der Mann in gehobener Position. Es sind sogar schon aus der Hofkanzlei Klagen über Sie gekommen. Es gibt doch genügend unverheiratete Damen oder wenigstens von geringerem Rang.«

Fandorin lief rot an, und Anissi erschrak – sein Chef würde doch nicht dem hohen Herrn Grobheiten sagen? Aber der Hofrat nahm sich zusammen und sprach weiter über den Fall, als wäre nichts gewesen: »So hatte ich mir die Zusammensetzung der Bande noch gestern vorgestellt. Doch bei der Analyse dessen, was mein Assistent mir über den gestrigen … V-Vorfall berichtete, habe ich meine Meinung geändert. Dank dafür gebührt Herrn Tulpow, der für die Untersuchung eine unschätzbare Hilfe war.«

Über dieses Lob war Anissi höchlich verwundert, doch der alte Wedistschew warf giftig ein: »Aber ja, eine große Hilfe. Erzähle, Anissi, wie du geholfen hast, die Koffer zu tragen, und wie du den ›Pikbuben‹ am Ellbogen gestützt hast beim Einsteigen, damit er Gott behüte nicht fehltrat.«

Anissi wäre am liebsten in der Erde versunken und für immer darin geblieben.

»Frol Grigorjewitsch«, sagte der Chef begütigend, »Ihre Schadenfreude ist unangebracht. Wir alle hier wurden an der Nase herumgeführt, jeder auf seine Art. Halten zu G-Gnaden, Euer Hohe Exzellenz.« Der wieder eingenickte Generalgouverneur reagierte nicht auf die Entschuldigung, und Fandorin fuhr fort: »Gehen wir also nachsichtig miteinander um. Wir haben einen überaus starken und dreisten Gegner.«

»Nicht einen, sondern mehrere Gegner, eine ganze Bande«, verbesserte Wedistschew.

»Eben daran hat Tulpows Bericht mich zweifeln lassen.« Der Chef fuhr mit der Hand in die Tasche, zog sie aber gleich wieder heraus, als hätte er sich verbrannt.

Er wollte nach dem Rosenkranz greifen, dachte Anissi, doch der ist weg.

»Mein A-Assistent hat sich die Kutsche des ›Grafen‹ genau angesehen und mir eingehend beschrieben. Dabei erwähnte er insbesondere das Monogramm SG auf dem Wagenschlag. Es ist das Zeichen der Gesellschaft ›Sinowi Goder‹, die Kutschen, Schlitten und Fiaker mit und ohne Kutscher vermietet. Ich war heute früh im Kontor der Gesellschaft und fand mühelos die bewußte Kutsche: Kratzer auf dem linken Schlag, himbeerrote Ledersitze und hinten rechts eine neue Radfelge. Wie groß war meine Verwunderung, als ich erfuhr, daß gestern ein ›seriöser Herr‹ in Montur mit Schärpe die Kutsche samt Kutscher gemietet hat!«

»Und, was folgt daraus?« fragte Wedistschew.

»Was schon! Der Kutscher war demnach kein Spießgeselle, kein Mitglied der ›Pikbube‹-Bande. Ich habe ihn ausfindig gemacht. Das Gespräch hat freilich nicht viel gebracht: Eine Personenbeschreibung des ›Grafen‹ hatten wir schon, und sonst konnte er nicht viel Brauchbares mitteilen. Die Sachen wurden in die Gepäckaufbewahrung des Nikolaus-Bahnhofs gebracht, und dann wurde der Kutscher entlassen.«

»Und in der Gepäckaufbewahrung?« fragte der erwachte Fürst.

»Nichts. Eine Stunde später ist ein Mann mit Droschke gekommen, hat alles gegen Quittung abgeholt und sich in unbekannter Richtung entfernt.«

»Und Sie sprechen von Anissis unschätzbarer Hilfe«, sagte Wedistschew. »Null Komma nichts haben wir in der Hand.«

»Keineswegs.« Fandorin wollte wieder nach dem Rosenkranz greifen und verzog mißmutig das Gesicht. »Was haben wir? Der ›Graf‹ ist gestern allein gekommen, ohne Spießgesellen, obwohl er davon eine ganze Bande hat, und alles außergewöhnlich gute Schauspieler. Einer hätte ja die simple Rolle eines K-Kutschers spielen können. Aber der ›Graf‹ kompliziert die Sache, indem er einen Unbeteiligten hinzuzieht. Erstens. ›Speyer‹ wurde dem Fürsten vom ›Herzog‹ empfohlen, doch nicht persönlich, sondern brieflich. Das heißt, der ›Herzog‹ und sein Protegé zeigten sich nicht zusammen. Und w-warum nicht? Wäre es nicht einfacher gewesen, wenn ein Bandenmitglied das andere persönlich vorgestellt hätte? Zweitens. Und nun erklären Sie mir mal, meine Herren, warum der Engländer ohne ›Speyer‹ beim ›Notar‹ war. Es wäre doch natürlich gewesen, das Geschäft in Gegenwart beider Parteien abzuschließen. Drittens. Weiter. Bei der Sache mit der Lotterie benutzte unser ›Pikbube‹ einen Strohmann als Vorsitzenden, der auch nicht zur Bande gehörte. Das war ein kleiner Trinker, in nichts eingeweiht und für ein karges Salär angeheuert. V-viertens. Somit sehen wir in jeder dieser Episoden immer nur ein Bandenmitglied:

mal ›Herzog‹, mal ›Invalide‹, mal ›Notar‹, mal ›Polizist‹, mal ›Graf‹. Das bringt mich zu dem Schluß, daß die Bande ›Pikbube‹ nur aus einem Subjekt besteht. Als ständige Helferin hat er wohl nur das Mädchen, das aus dem Fenster gesprungen ist.«

»Ausgeschlossen«, dröhnte der Generalgouverneur, der auch schlafend nichts Wesentliches verpaßte. »Ich habe den ›Notar‹, den ›Polizisten‹ und den ›Grafen‹ nicht gesehen, aber der ›Herzog‹ und ›Speyer‹ können unmöglich dieselbe Person sein. Urteilen Sie selbst, Erast Petrowitsch. Mein selbsternanntes Enkelkind war blaß, schwächlich, dünnstimmig, schmalbrüstig und krummrückig, hatte spärliches schwarzes Haar und eine auffallende Entennase. Der Herzog von Sachsen-Limburg dagegen war ein Kerl wie ein Schrank: breitschultrig, militärisch straff, mit befehlsgewohnter Stimme. Adlernase, dichter sandgelber Backenbart, schallendes Lachen. Keinerlei Ähnlichkeit mit ›Speyer‹!«

»Und wie groß?«

»Einen halben Kopf kleiner als ich. Also mittlere Größe.«

»Der ›Notar‹ ging dem langen L-Lord etwas über die Schulter, das heißt, auch mittlere Größe. Ebenso der ›Polizist‹. Und der ›Graf‹, Tulpow?«

Anissi überlief es heiß von Fandorins kühner Hypothese. Er sprang auf und rief: »Der ist auch von mittlerer Größe, Erast Petrowitsch! Ein bißchen größer als ich, vielleicht sechs Zentimeter.«

»Die Körpergröße ist die einzige Äußerlichkeit, die schschwer zu verändern ist«, fuhr der Hofrat fort. »Allenfalls durch hohe Absätze, aber das ist auffällig. In Japan allerdings habe ich einen Mann aus einer Geheimsekte von Berufsmördern gesehen, der sich eigens die Beine hatte amputieren lassen, um seine Größe nach G-Gutdünken verändern zu können. Er lief mit seinen Holzbeinen besser als mit den eigenen. Davon besaß er drei Sätze – für hohe, mittlere und kleine Körpergröße. Aber solche Selbstaufopferung für den Beruf ist nur in Japan möglich. Was nun unseren Pikbuben betrifft, so kann ich Ihnen bereits sein Aussehen beschreiben und ein annäherndes p-psychologisches Porträt liefern. Das Aussehen ist übrigens bedeutungslos, denn er verändert es mühelos. Er ist ein Mensch ohne Gesicht, denn er trägt immer diese oder jene Maske. Aber ich will trotzdem v-versuchen, ihn darzustellen.«

Fandorin stand auf und ging, die Hände auf dem Rücken, im Arbeitszimmer auf und ab.

»Also, die Körpergröße.« Fandorin streifte Anissi mit einem Blick. »Zwei Arschin und sechs Werschok.« *

Die natürliche Haarfarbe dürfte hell sein, denn schwarze Haare lassen sich schwerer verändern. Wobei seine Haare höchstwahrscheinlich an den Spitzen ausgeblichen sind infolge des häufigen Gebrauchs von Färbemitteln. Die Augen graublau, dicht beieinander stehend. Die Nase normal. Das Gesicht unauffällig, durchschnittlich, schwer einzuprägen und schwer in einer Menge zu erkennen. Dieser Mann wird sicherlich oft verwechselt und für einen a-anderen gehalten. Und nun die Stimme … Mit ihr geht der Pikbube virtuos um. Zieht man in Betracht, daß er mühelos in Baß wie in Tenor übergehen kann, so dürfte seine eigentliche Stimme ein

* Entspricht 1.68 Meter. Anm. d. Ü.

schallender Bariton sein. Sein Alter zu bestimmen ist schwer. Jung wird er nicht mehr sein, denn man merkt seine Lebenserfahrung, aber auch nicht alt – unser ›Schutzmann‹ verschwand gar zu flink in der M-Menge. Ein sehr wichtiges Detail sind die Ohren. Die kriminologische Wissenschaft hat festgestellt, daß sie bei jedem Menschen anders sind und ihre Form sich nicht verändern läßt. Leider habe ich den Pikbuben nur als Schutzmann gesehen, und der hatte eine Fellmütze auf. Sagen Sie, Tulpow, hat der ›Graf‹ den Dreispitz mal abgenommen?«

»Nein«, antwortete Anissi bündig, den das Thema der Ohren schmerzlich berührte.

»Und Sie, Euer Hohe Exzellenz, haben Sie sich die Ohren vom ›Herzog‹ und von ›Speyer‹ angesehen?«

»Erast Petrowitsch«, sagte Dolgorukoi streng, »ich bin der Generalgouverneur von Moskau und habe anderes zu tun, als mir irgendwelche Ohren anzusehen.«

Fandorin seufzte.

»Bedauerlich. Also können wir aus dem Äußeren nicht viel Gewinn ziehen. Nun zu den Persönlichkeitsmerkmalen des Verbrechers. Er stammt aus einer guten Familie, spricht sogar englisch. Er ist ein ausgezeichneter Psychologe und ein begnadeter Schauspieler, das steht fest. Mit einzigartigem Charme weiß er sich vorzüglich in das Vertrauen fremder Menschen zu sch-schleichen. Seine Reaktion ist blitzartig. Er ist sehr erfinderisch. Hat einen eigenartigen Humor.« Fandorin warf Wedistschew einen grimmigen Blick zu, ob der nicht etwa losprustete. »Insgesamt jedenfalls ein außergewöhnlicher und talentierter Mensch.«

»Solch talentierte Menschen sollte man in Sibirien ansiedeln«, knurrte der Fürst. »Kommen Sie zur Sache, mein Lieber, und sparen Sie sich die lobenden Epitheta. Wir wollen schließlich den Herrn nicht für einen Orden eingeben. Ob es möglich ist, ihn zu fassen, das ist die Hauptsache.«

»Warum nicht, alles ist möglich«, sagte Fandorin nachdenklich. »Lassen Sie uns überlegen. Was für verwundbare Stellen hat unser Held? Er ist über die Maßen habgierig oder von phantastischer Verschwendungssucht – wieviel er auch einrafft, es genügt ihm nicht. Erstens. Er ist eitel und giert nach Anerkennung. Zweitens. Drittens, und das ist für uns am wertvollsten, er ist sehr selbstsicher und neigt dazu, seine Gegner zu unterschätzen. Damit können wir ihn kriegen. Und noch viertens. Bei aller Raffinesse seiner Unternehmungen macht er doch mitunter Fehler.«

»Was für welche?« fragte der Generalgouverneur rasch. »Ich finde, er ist aalglatt und nicht zu packen.«

»Mindestens zwei Fehler hat er schon gemacht. Warum hat der ›Graf‹ gestern in Gegenwart Anissis vom ›Ritter des Chrysanthemenordens‹ gesprochen? Mir wurde in Japan tatsächlich der Große und der Kleine Chrysanthemenorden verliehen, aber ich trage sie in Rußland nicht, ich prahle nicht damit, und meinen D-Diener kann man auch nicht danach fragen. Nun, der wirkliche Graf Opraxin als Staatsmann und Angehöriger der höchsten Kreise könnte solch ein Detail in Erfahrung bringen, aber der Pikbube? Woher sollte er es wissen? Das steht nur in meiner Personalakte und in der Dienstliste, in der die Auszeichnungen vermerkt sind. Hohe Exzellenz, ich benötige eine Aufstellung aller

Beamten der Geheimabteilung Ihrer Kanzlei, namentlich derer, die Zugang zu den Personalakten haben. Das sind doch gewiß nur wenige? Einer von ihnen hat Verbindung zum Pikbuben. Ich bin überzeugt, auch in der Affäre mit dem Lord muß es einen internen Informanten gegeben haben.«

»Unvorstellbar!« rief der Fürst entrüstet. »Einer meiner Leute soll mir solch ein Schwein untergeschoben haben?«

»Nichts einfacher als das, Wladimir Andrejewitsch«, warf Wedistschew ein. »Wie oft habe ich Ihnen gesagt, wir züchten geradezu Schmarotzer und Spitzbuben.«

Anissi hielt es nicht aus und fragte leise: »Und der zweite Fehler, Chef?«

Fandorin antwortete mit Metall in der Stimme: »Der besteht darin, daß er mich wütend gemacht hat. Neben meiner dienstlichen Pflicht habe ich nun auch ein persönliches Motiv.«

Er ging federnd am Tisch entlang, und Anissi mußte plötzlich an den afrikanischen Leoparden denken, der im Käfig neben der unvergeßlichen Schimpansin gesessen hatte.

Aber da blieb Fandorin stehen, umfaßte mit den Händen seine Ellbogen und sagte nachdenklich, fast träumerisch: »Und wenn wir mit dem Herrn P-Pikbuben alias Momus nun sein eigenes Spiel spielen?«

»Warum nicht«, bemerkte Wedistschew. »Bloß, wo finden wir ihn jetzt? Haben Sie eine Vermutung?«

»Nein«, sagte Fandorin scharf. »Ich werde ihn auch nicht suchen. Er soll mich suchen. Wir machen so etwas wie eine

Birkhuhnjagd mit einer Attrappe. Ein gut genährtes Birkhuhn aus Pappmaché wird an eine sichtbare Stelle gesetzt, ein Birkhahn kommt a-angeflogen, piff-paff, und die Sache ist erledigt.«

»Und wer soll die Attrappe sein?« Dolgorukoi blickte Fandorin durchdringend an. »Womöglich mein lieber Beamter für Sonderaufträge? Denn Sie sind doch auch ein Meister im Tarnen, Erast Petrowitsch.«

Anissi Tulpow wurde plötzlich gewahr, daß die sparsamen Bemerkungen des alten Fürsten fast immer scharfsinnig waren. Fandorin schien nicht im geringsten überrascht.

»Wer wenn nicht ich könnte die Attrappe spielen, Euer Hohe Exzellenz. Diese Ehre überlasse ich nach dem gestrigen Ereignis n-niemandem.«

»Und wie wird Momus auf das Birkhuhn hereinfallen?« fragte Wedistschew mit lebhafter Neugier.

»Wie es sich gehört bei einer Birkhuhnjagd – er wird den Ton der Lockpfeife hören. Und als Lockpfeife benutzen wir sein eigenes Mittel.«

»Einen Menschen hereinzulegen, der es gewohnt ist, jedermann um den Finger zu wickeln, ist nicht allzu schwer«, sagte Fandorin zu Anissi, nachdem sie in die Kleine Nikitskaja zurückgekehrt waren und sich ins Arbeitszimmer zur »Bilanz« zurückgezogen hatten. »Einem so ausgebufften Mann kommt es nicht in den S-Sinn, daß jemand so dreist ist, den Listigen zu überlisten und den Dieb zu bestehlen. Und schon gar nicht erwartet er das von einer offiziellen Person, noch dazu von so hohem R-Rang.«

Der andächtig lauschende Anissi glaubte schon, mit der »offiziellen Person von hohem Rang« meine der Hofrat sich selbst, aber im weiteren zeigte sich, daß er viel höher zielte.

Nachdem Fandorin seine erste theoretische These geäußert hatte, schwieg er eine Weile. Anissi saß reglos, um Gott behüte die Gedankengänge seines Chefs nicht zu stören.

»Wir brauchen eine Attrappe, nach der unserem Momus das Wasser im Mund z-zusammenläuft und die vor allem seinen Ehrgeiz anstachelt. Ihn soll nicht nur reiche Beute locken, sondern auch großer Ruhm. Der läßt ihn nicht gleichgültig.«

Der Chef verstummte wieder und bedachte das nächste Glied in der logischen Kette. Nach siebeneinhalb Minuten (Anissi sah es an der riesengroßen altertümlichen Standuhr, die dem Londoner Big Ben nachgebaut war) sprach er: »Ein gigantischer Edelstein ... vielleicht aus dem Erbe des Smaragdenen Radschas. Haben Sie schon mal von dem g-gehört?«

Anissi schüttelte den Kopf und sah seinen Chef mit großen Augen an.

Der Hofrat war irritiert.

»Merkwürdig. Die Geschichte damals wurde zwar der Öffentlichkeit vorenthalten, doch ein paar Gerüchte sind trotzdem in die europäische Presse gesickert. In die russische etwa nicht? Aber was rede ich da! Als ich die d-denkwürdige Fahrt mit der ›Leviathan‹ machte, waren Sie noch ein Kind.«

»Eine Fahrt mit dem Leviathan?« Anissi traute seinen Ohren nicht und stellte sich vor, wie Fandorin auf dem breiten Rücken des alttestamentarischen Chaosdrachens über die Wellen glitt.

»Unwichtig.« Fandorin winkte ab. »Ein Fall, der lange zurückliegt, ich hatte ein bißchen damit zu tun. Wesentlich ist die Idee: indischer Radscha und riesiger Diamant. Oder Saphir, Smaragd? Gleichviel. Das wird von der Mineraliensammlung abhängen.« Er murmelte Unverständliches.

Anissi klapperte mit den Augen, und der Chef hielt es für nötig, hinzuzufügen (was es nicht klarer machte): »Das ist natürlich etwas dick aufgetragen, aber für unseren P-Pikbuben wohl gerade richtig. Er muß anbeißen. Tulpow, glotzen Sie nicht so! An die Arbeit!«

Fandorin entfaltete die neueste Nummer des »Russischen Worts«, fand sogleich, was er suchte, und las laut vor:

INDISCHER GAST

Sie sind wahrlich nicht zu zählen, die Diamanten in den Felsenhöhlen, besonders wenn diese sich auf den Besitzungen des Achmed Chan befinden, des Erben eines der reichsten Radschas von Bengalen. Der Prinz ist auf der Durchreise von Teheran nach Petersburg in Mütterchen Moskau eingetroffen und wird mindestens eine Woche lang in der Stadt der goldenen Kuppeln verweilen. Fürst Wladimir Dolgorukoi empfängt den hohen Gast mit allen gebührenden Ehren. Der indische Zarewitsch logiert in der Villa des Generalgouverneurs auf den Sperlingsbergen. Morgen abend veranstaltet die Adelsversammlung zu Ehren Achmed Chans einen Ball. Dazu wird sich die erlesene Moskauer Gesellschaft einfinden, die es nicht erwarten kann, einen Blick auf den orientalischen Prinzen zu werfen, vor allem aber auf den berühmten Smaragd »Schah Sultan«, der Achmed Chans Turban schmückt. Es wird erzählt, daß dieser gigantische Stein einst Alexander dem Großen gehörte. Nach unseren Informationen reist der Prinz inoffiziell und fast inkognito – ohne Pomp und Gefolge. Ihn begleiten lediglich seine treue alte Amme Suchra und sein persönlicher Sekretär Tarik Bei.

Der Hofrat nickte beifällig und legte die Zeitung weg.

»Der Fürst ist dem Pikbuben so böse, daß er den B-Ball sanktioniert hat und persönlich daran teilnehmen wird. Ich glaube, sogar mit Vergnügen. Als ›Schah Sultan‹ haben wir einen facettierten Beryll aus der Mineraliensammlung der Moskauer Universität entliehen. Ohne eine spezielle Lupe ist er von einem Smaragd nicht zu unterscheiden, und unseren Turban durch eine Lupe zu beäugen, werden wir kaum jemandem erlauben, nicht wahr, Tulpow?«

Fandorin entnahm einer Hutschachtel einen weißen Brokatturban mit einem riesengroßen grünen Stein und drehte ihn hin und her, so daß die Facetten blendend helle Funken versprühten.

Anissi schnalzte begeistert mit der Zunge, der Turban war wirklich eine Augenweide.

»Aber wen nehmen wir als Suchra?« fragte er. »Und dann dieser Sekretär, wie heißt er noch, Tarik Bei, wer soll das sein?«

Der Chef sah seinen Assistenten vorwurfsvoll, vielleicht auch mitfühlend an, und da ging Anissi ein Licht auf.

»Aber nein!« ächzte er. »Verschonen Sie mich, Erast Petrowitsch! Aus mir wird kein Inder! Das mache ich nicht, und wenn Sie mich bestrafen!«

»Sie werden schon noch mitmachen, Tulpow«, sagte Fandorin seufzend. »Aber mit Masa werde ich meine Not haben. Die Rolle der alten Amme wird kaum nach seinem Geschmack sein.«

Am Abend des 18. Februar fand sich wirklich ganz Moskau in der Adelsversammlung ein. Es war eine fröhliche, unbekümmerte Zeit – die Fastnachtswoche. In der vom langen Winter erschöpften Stadt wurde fast jeden Tag gefeiert, doch heute hatten sich die Veranstalter besondere Mühe gegeben. Die schneeweiße Treppe des Palastes war mit Blumen geschmückt, gepuderte Lakaien in pistaziengrüner Weste beeilten sich, die von den Schultern geworfenen Pelze, Mäntel und Umhänge aufzufangen, aus dem Saal drangen die herrlichen Klänge einer Mazurka, und im Speisesaal klapperte lockend Geschirr und Silberbesteck – dort wurde die Tafel für das Bankett gedeckt.

Der Gebieter von Moskau, Fürst Dolgorukoi, der den Gastgeber des Balls spielte, war frisch und straff, zu den Männern freundlich, zu den Damen galant. Aber im Mittelpunkt der allgemeinen Aufmerksamkeit im Marmorsaal stand heute nicht der Generalgouverneur, sondern sein indischer Gast.

Achmed Chan gefiel allen sehr, besonders den jungen Mädchen und Damen. Er trug einen schwarzen Frack mit weißer Halsbinde, und auf seinem Kopf saß ein weißer Turban mit riesigem Smaragd. Der blauschwarze Bart des indischen Nabobs war nach der letzten französischen Mode gestutzt, die Augenbrauen glichen gebogenen Pfeilen, am wirkungsvollsten aber waren in dem dunklen Gesicht die leuchtend blauen Augen (man wußte bereits, daß die Mutter Seiner Hoheit Französin war).

Seitlich hinter ihm stand sein Sekretär, der auch nicht geringe Aufmerksamkeit genoß. Tarik Bei war nicht so attraktiv wie sein Herr, auch kleiner von Statur, aber dafür war er im Gegensatz zu Achmed Chan in einem echten orientalischen Gewand auf den Ball gekommen: bestickter Chalat, weiße Pluderhosen und vergoldete Pantoffeln mit aufgebogenen Spitzen. Bedauerlich nur, daß der Sekretär keine zivilisierte Sprache beherrschte, sondern auf alle Fragen nur die Hand ans Herz oder an die Stirn legte und sich tief verbeugte.

Kurzum, die beiden Inder waren eine Pracht.

Anissi, bislang vom schönen Geschlecht nicht mit Aufmerksamkeit verwöhnt, stand stocksteif, als er sich im Mittelpunkt eines Blumengartens sah. Die jungen Damen zwitscherten, erörterten hemmungslos die Details seiner Toilette, und eine von ihnen, die zauberhafte georgische Fürstin Sofiko Tschchartischwili, nannte Anissi sogar »hübsches Negerlein«.

Recht oft erklangen die Worte »das arme Kerlchen«, die ihn tief erröten ließen (was gottlob unter dem Nußsaft nicht zu sehen war).

Damit aber das mit dem Nußsaft und dem »armen Kerlchen« verständlich wird, müssen wir die Zeit ein paar Stunden zurückdrehen, bis zu dem Moment, als Achmed Chan und sein treuer Sekretär sich darauf vorbereiteten, zum erstenmal auszugehen.

Fandorin, schon mit pechschwarzem Bart, aber noch im Hausmantel, schminkte Anissi selbst. Zuerst nahm er ein Fläschchen mit schokoladenbrauner Flüssigkeit. Das sei, erklärte er, ein Auszug aus brasilianischen Nüssen, und rieb ihm das sämige duftende Öl in die Gesichtshaut, die Ohren, die Augenlider. Dann klebte er ihm einen dichten Bart an, riß ihn wieder ab, klebte einen anderen an, eine Art Ziegenbart, verwarf auch den.

»Nein, Tulpow, ein M-Muselman wird nicht aus Ihnen«, konstatierte er. »Ich habe Sie voreilig Tarik Bei genannt. Als Hindu hätte ich Sie deklarieren sollen, als einen Tschandragupta.«

»Vielleicht genügt ein Moustache, ohne Vollbart?« fragte Anissi, der schon lange von einem richtigen Schnurrbart träumte, da bei ihm nur einzelne Büschelchen wuchsen.

»Das geht nicht. Nach orientalischer Etikette wäre das für einen Sekretär zu stutzerhaft.« Fandorin drehte Anissis Kopf nach links und rechts und erklärte: »Es nützt alles nichts, wir müssen einen Eunuchen aus Ihnen machen.«

Er mischte gelbe Schmiere hinzu und verrieb sie auf den Wangen und unterm Kinn. Dann besah er das Resultat und war zufrieden.

»Ein waschechter Eunuch.«

Aber damit waren Anissis Prüfungen noch nicht beendet.

»Da Sie nun ein Muselman sind, müssen die Haare runter«, gebot Fandorin.

Anissi, niedergeschmettert durch die Verwandlung in einen Eunuchen, ertrug ohne Murren die Kopfrasur, die Masa geschickt mit einem extra scharfen japanischen Dolch vornahm. Fandorin rieb Anissis kahlen Schädel mit braunem Zeug ein und kommentierte: »Er glänzt wie eine K-Kanonenkugel.«

Dann zauberte er mit einem kleinen Pinsel an Anissis Augenbrauen und verschönte die Augen: »Braun und etwas schräg. Genau richtig.«

Er befahl Anissi, eine überweite seidene Pluderhose und ein gemustertes Jäckchen anzuziehen, darüber einen Chalat. Auf den kahlen Kopf und die unglückseligen Ohren stülpte er einen Turban.

Langsam und steifbeinig trat Anissi zum Spiegel. Er war auf einen ungeheuerlichen Anblick gefaßt. Doch er wurde angenehm überrascht: Aus dem Bronzerahmen sah ihn ein schöner Mann an – ohne Pickel, ohne abstehende Ohren. Schade, daß er nicht immer so durch Moskau laufen konnte.

»Fertig«, sagte Fandorin, »nur die Hände und den Hals müssen Sie noch einreiben. Und vergessen Sie die Knöchel nicht, Sie müssen ja in Latschen gehen.«

Mit den vergoldeten Saffianpantoffeln, die Fandorin so unromantisch als Latschen bezeichnet hatte, zu gehen war ungewohnt und schwierig. Darum stand Anissi auf dem Ball da wie ein Ölgötze. Wenn er sich bewegte, so fürchtete er, würde er einen davon verlieren, wie es ihm schon auf der Treppe passiert war. Als die schöne Georgierin auf französisch fragte, ob Tarik Bei nicht einen Walzer mit ihr tanzen wolle, erschrak er heftig, und anstatt laut Instruktion schweigend eine orientalische Verbeugung zu geben, patzte er und stammelte leise: »Non, merci, je ne danse pas.«*

* (franz.) Nein danke, ich tanze nicht.

Gottlob hatten die anderen Mädchen sein Gemurmel nicht verstanden, sonst würde es Komplikationen gegeben haben. Takir Bei durfte ja keine einzige menschliche Sprache verstehen.

Anissi drehte sich beunruhigt nach seinem Chef um. Der plauderte schon minutenlang mit einem gefährlichen Gast, dem britischen Indologen Sir Marvell, einem stocklangweiligen Gentleman mit dicken Augengläsern. Als Achmed Chan vorhin auf dem obersten Treppenabsatz dem Generalgouverneur seine Verbeugung machte, hatte der nervös geflüstert (Anissi hatte es teilweise mitgehört): »Den hat der Satan hergeschleppt ... Ausgerechnet ein Indologe ... Rausschmeißen kann ich ihn nicht, er ist Baronet ... Und wenn er Sie nun entlarvt?«

Doch nach dem friedlichen Geplauder des Prinzen und des Baronets zu urteilen, drohte Fandorin keine Entlarvung. Anissi verstand zwar kein Englisch, erkannte jedoch die wiederkehrenden Wörter »Gladstone« und »Her Britannic Majesty«. Nachdem der Indologe, sich lautstark in ein kariertes Taschentuch schneuzend, gegangen war, beorderte der Prinz mit einem gebieterischen Wink seiner mit Ringen gespickten bräunlichen Hand den Sekretär zu sich und sagte durch die Zähne: »Augen auf, Tulpow. Seien Sie ein bißchen herzlicher zu ihr, nicht so griesgrämig. Aber tragen Sie nicht zu dick auf.«

»Zu wem soll ich herzlicher sein?« flüsterte Anissi erstaunt.

»Na, zu der Georgierin. Sie ist es, sehen Sie das nicht? Unsere Fensterspringerin.«

Tulpow drehte sich um und erstarrte. Tatsächlich! Wieso hatte er sie nicht gleich erkannt? Zwar war aus dem weißhäutigen Lotteriefräulein eine Brünette geworden, ihr Haar war nicht goldblond, sondern schwarz und in zwei Zöpfe geflochten, die Augenbrauen waren zu den Schläfen hin verlängert, und auf der Wange saß nun ein zauberhaftes Muttermal. Aber sie war es, natürlich! Und ihre Augen funkelten genauso wie damals hinter dem Kneifer, bevor sie tollkühn vom Fensterbrett sprang.

Angebissen! Der Birkhahn kreiste über der Birkhuhnattrappe!

Sachte, Anissi, sachte, vergräme sie nicht.

Er legte die Hand an die Stirn, dann ans Herz und verbeugte sich mit aller orientalischen Höflichkeit vor der sternenäugigen Zauberin.

Platonische Liebe

Ob er womöglich ein Scharlatan war, mußte als erstes geprüft werden. Das hätte noch gefehlt, auf einen Kollegen zu treffen, der auch zu einem Gastspiel gekommen war, um fette Moskauer Gänse zu rupfen. Der indische Radscha, der Smaragd »Schah Sultan« – dieses ganze Brimborium wirkte ein wenig operettenhaft.

Er hatte es geprüft. Nach einem Gauner sah Seine Bengalische Hoheit nicht aus. Erstens war aus der Nähe sofort zu erkennen, daß er von königlichem Geblüt war: die Haltung, die Manieren, die träge Wohlgeneigtheit im Blick. Zweitens hatte Achmed Chan mit dem berühmten Indologen »Sir Marvell«, der zum Glück gerade in Moskau weilte, ein so hochgeistiges Gespräch über die Innenpolitik und die religiösen Glaubensrichtungen des Indischen Imperiums angeknüpft, daß Momus es mit der Angst zu tun bekam, er könne sich verraten. Die Antwort auf die höfliche Frage des Prinzen, was der geehrte Professor von der Sitte der *Sati** halte und ob sie dem wahren Geist des Hinduismus gerecht werde, mußte er schuldig bleiben, er lenkte das Thema auf die Gesundheit der Queen Victoria und täuschte einen plötzlichen Schnupfenanfall mit Niesen vor, um retirieren zu können.

* Witwenverbrennung. Anm. d. Ü.

Nun, und das Wichtigste, der Smaragd hatte so überzeugend und appetitlich gestrahlt, daß jegliche Zweifel schwanden. Ach, den herrlichen grünen Klunker vom Turban des edlen Achmed Chan entfernen, ihn in acht gewichtige Einzelsteine zersägen und jeden für so um die fünfundzwanzigtausend Rubel verscherbeln – das wäre ein Geschäft!

Mimi hatte derweil den Sekretär Tarik Bei bearbeitet. Der sei, berichtete sie, zwar ein Eunuch, habe ihr aber fleißig ins Dekolleté gelinst und sei dem weiblichen Geschlecht gegenüber alles andere als gleichgültig. Ihr konnte Momus das glauben, sie kannte sich aus. Aber wer wußte schon, wie die Eunuchen so waren. Vielleicht gingen die natürlichen Wünsche bei denen nicht verloren, selbst wenn ihnen die Möglichkeiten genommen wurden?

Der Plan für die bevorstehende Operation, die Momus für sich schon »Kampf um den Smaragd« getauft hatte, ergab sich ganz von selbst.

Den Turban hatte der Radscha ständig auf dem Kopf. Aber zur Nacht würde er ihn doch wohl ablegen?

Wo schlief der Radscha? In der Villa auf den Sperlingsbergen. Dort mußte Momus also hin.

Die Villa des Generalgouverneurs war für Ehrengäste vorgesehen. Von dort oben hatte man einen herrlichen Blick auf Moskau, und die Gaffer setzten einem weniger zu. Daß das Haus abseits lag, war auch gut. Es wurde bewacht von einem Gendarmerieposten, und das war schlecht. Nachts über Zäune zu klettern und dann unter dem Schrillen von Polizeipfeifen zu verschwinden, das war nicht sein Stil.

Ach, wenn der Sekretär kein Eunuch wäre, dann wäre alles

kein Problem. Die verliebte georgische Fürstin, dieses Tollköpfchen, würde Tarik Bei einen heimlichen nächtlichen Besuch abstatten, und wäre sie erst einmal im Haus, so fände sie schon den Weg ins Schlafzimmer des Radschas und sähe nach, ob der Smaragd es nicht satt hatte, am Turban zu kleben. Alles Weitere war eine rein technische Frage, und diese Technik beherrschte Mimi bestens.

Aber dieser Gedankengang, wenngleich einstweilen rein spekulativ, löste bei Momus ein Gefühl aus, als kratzte eine schwarze Katze mit kralliger Pfote an seinem Herzen. Für einen Moment sah er seine Mimi in den Armen eines breitschultrigen, schnauzbärtigen jungen Mannes, der kein Eunuch war, sondern das Gegenteil davon, und dieses Bild gefiel ihm nicht. Natürlich war das Quatsch, würdelos, doch sieh an, er begriff plötzlich, daß er diesen einfachsten und natürlichsten Weg nicht gehen würde, selbst wenn bei dem Sekretär die Möglichkeiten mit den Wünschen übereinstimmten.

Stopp! Momus sprang vom Schreibtisch, auf dem er gesessen und mit den Beinen gebaumelt hatte (so ließ sich besser nachdenken), und trat ans Fenster. Stopp-stopp-stopp …

Über die Twerskaja ergoß sich ein ununterbrochener Strom von Equipagen – Schlitten und Kutschen, deren Winterfelgen mit Dornen gespickt waren. Bald kam das Frühjahr mit Schlackerwetter, mit den Großen Fasten, doch heute schien die Sonne, noch ohne zu wärmen, und die Moskauer Hauptstraße bot einen eleganten und lebensfrohen Anblick. Vor vier Tagen waren Momus und Mimi aus dem »Metropol« ins »Dresden« gezogen. Das Zimmer war kleiner, hatte aber dafür elektrisches Licht und Telephon. Im »Metropol« hatten sie nicht länger bleiben können. Dort war immer wieder Sljunkow aufgetaucht, und das war riskant. Der Mann war gar zu unsolide. Er tat Dienst in einer Geheimabteilung, spielte aber Karten und kannte kein Maß. Wenn der schlaue Herr Fandorin oder ein anderer Chef den am Schlafittchen packte und kräftig schüttelte? Lieber nicht. Wer sich selber hilft, dem hilft Gott.

Das »Dresden« war ein vorzügliches Hotel und lag dem Palast des Generalgouverneurs exakt gegenüber. Dieser war Momus seit der Geschichte mit dem Engländer richtig ans Herz gewachsen.

Gestern hatte er Sljunkow auf der Straße gesehen. Er war absichtlich auf ihn zugegangen, hatte ihn mit der Schulter gestreift, aber der Schriftführer hatte in dem langhaarigen Stutzer mit dem geschwärzten Schnauzbart den Großhändler Antoine Bonifatjewitsch Daru aus Marseille nicht wiedererkannt. Er hatte »Pardon« gemurmelt und war weitergetrippelt, gebeugt im Schneegestöber.

Stopp-stopp-stopp, wiederholte Momus im stillen. Konnte er nicht nach seiner Gewohnheit zwei Hasen mit einem Schuß erlegen? Genauer gesagt, den fremden Hasen benützen und den eigenen schützen. Oder, anders ausgedrückt, den Fisch verspeisen, ohne ans Wasser zu reisen. Nein, am genauesten war es so: die Unschuld wahren und Kapital einfahren.

Nun, das konnte durchaus klappen! Die Umstände waren günstig. Mimi hatte gesagt, daß Tarik Bei ein wenig französisch verstand. »Ein wenig« – das war gerade richtig.

Von diesem Moment an bekam die Operation einen anderen Namen: »Platonische Liebe.«

In den Zeitungen hatte gestanden, daß Seine Indische Hoheit nach dem Mittagessen gern vor den Mauern des Nowodewitschi-Klosters spazierenging, wo die Menschen winterliche Vergnügungen genossen. Da gab es Schlittschuhbahnen und hölzerne Rodelberge und diverse Schaubuden – für einen ausländischen Gast allerlei zu sehen.

Der Tag, wie schon erwähnt, war schön, sonnig, mit leichtem Frost. Darum waren Momus und Mimi, nachdem sie ein Stündchen um den zugefrorenen Teich geschlendert waren, tüchtig durchgefroren. Mimi war noch gut dran. Da sie eine Fürstin spielte, trug sie einen Fehpelz, eine Marderkapuze und einen Muff, so daß der Frost nur ihre Wangen zwickte, doch Momus war die Kälte bis auf die Knochen gedrungen. Zum Nutzen der Sache hatte er sich als alte orientalische Duena herausgeputzt: über der Nase zusammengewachsene dichte Brauen, die Oberlippe absichtlich unrasiert und die Stoppeln geschwärzt, auf der Nase saß ein Zinken wie das Bugspriet einer Fregatte. Das Tuch, unter dem falsche angegraute Zöpfe hervorhingen, und die Hasenfelljacke über dem langen Cape wärmten schlecht, die Füße in den flachen Filzschuhen froren, doch der verdammte Radscha zeigte sich nicht. Um Mimi aufzuheitern und selbst bei Laune zu bleiben, jammerte er von Zeit zu Zeit in singendem Kontraalt: »Sofiko, mein herzliebes Vögelchen, deine alte Amme ist ganz durchgefroren« oder etwas in dieser Art. Mimi prustete und trappelte mit den roten Stiefelchen, um die Füße zu wärmen.

Endlich geruhten Seine Hoheit einzutreffen. Momus sah schon von weitem den geschlossenen, mit blauem Samt ausgeschlagenen Schlitten. Auf dem Bock saß neben dem Kutscher ein Gendarm in Mantel und Paradehelm mit Federbusch.

Der Prinz, in Zobel gehüllt, den hohen weißen Turban auf dem Kopf, spazierte geruhsam an der Eisbahn entlang und beäugte neugierig die Vergnügungen der nördlichen Menschen. Hinter ihm trippelte eine niedrige vierschrötige Gestalt in fersenlangem Schaffellmantel, mit Tschador und einer runden zottigen Mütze, wohl die treuergebene Amme Suchra. Der Sekretär Tarik Bei, in einem Wollmantel, unter dem die weiße Pluderhose hervorsah, blieb immer wieder zurück: schaute einem Zigeuner mit einem Tanzbären zu oder verweilte bei einem Händler, der einen heißen Honigtrunk feilbot. Als Ehrenwache schritt ein imposanter Gendarm mit grauem Schnauzbart hinterdrein. Das paßte gut, mochte er sich die künftigen nächtlichen Besucherinnen ansehen.

Das Publikum bekundete für die malerische Prozession starkes Interesse. Die einfacheren Leute bestaunten offenen Mundes den Muselman, zeigten mit dem Finger auf den Turban, den Smaragd, das verhängte Gesicht der alten Orientalin. Die besseren Leute benahmen sich taktvoller, waren aber auch sehr neugierig. Momus wartete ab, bis die Moskowiter sich an den »Indern« satt gesehen hatten und zu ihren Vergnügungen zurückkehrten, dann stieß er Mimi sacht in die Seite – an die Arbeit.

Sie gingen der Gruppe entgegen. Mimi deutete Seiner Hoheit einen Knicks an, der Prinz nickte gnädig. Dem

Eunuchen lächelte sie freudig zu, dann ließ sie den Muff fallen. Der Eunuch beeilte sich, ihn aufzuheben, wie es sich gehörte, Mimi hockte sich auch hin, und ihre Stirn stieß allerliebst mit der des Asiaten zusammen. Nach diesem kleinen, durchaus harmlosen Vorfall verlängerte sich auf natürliche Weise die Prozession: Vornweg schritt in königlicher Einsamkeit wie zuvor der Prinz, gefolgt von dem Sekretär und der Fürstin, dann die beiden bejahrten orientalischen Damen, und den Abschluß bildete der Gendarm, der die rote Nase hochzog.

Die Fürstin zwitscherte lebhaft auf französisch und glitt immer wieder aus, um öfter nach der Hand des Sekretärs greifen zu können. Momus versuchte, mit der geehrten Suchra Freundschaft zu schließen, und bekundete ihr mit Gesten und Ausrufen seine Sympathie, schließlich hatten sie vieles gemeinsam: Sie beide waren alte Weiblein, hatten das Leben hinter sich, hatten fremde Kinder aufgezogen. Aber Suchra erwies sich als wahre Furie. Sie zeigte kein Entgegenkommen, sondern kollerte nur ärgerlich hinter ihrem Tschador und fuchtelte mit ihrer kurzfingrigen Hand, die alte Natter – geh weg, ich will allein sein. Kurzum, eine Wilde.

Dafür lief zwischen Mimi und dem Eunuchen alles aufs beste. Momus wartete ab, bis der willfährige Asiat dem Fräulein endlich eine ständige Stütze in Form seines gebogenen Arms darbot, dann fand er, daß es fürs erstemal reichte. Er holte sie ein und sagte singend mit rauher Stimme: »Sofikooo, mein Täubchen, wir müssen nach Hausä, Tee trinken und Tschurek ässen.«

Tags darauf unterrichtete »Sofiko« den Tarik Bei bereits im Schlittschuhlaufen, für das der Eunuch ein außergewöhnliches Talent zeigte. Er war überhaupt anstellig, denn als Mimi ihn in die Tannen lockte und ihm ihre gespitzten Lippen wie zufällig direkt vor die braungefärbte Nase hielt, wich er nicht zurück, sondern gab ihr gehorsam einen Schmatz. Sie erzählte Momus hinterher: »Weißt du, er tut mir so leid. Ich habe ihm die Arme um den Hals gelegt, und er hat gezittert, der arme Kerl. Es ist bestialisch, Menschen so zu verstümmeln.« – »Einer stößigen Kuh gibt Gott keine Hörner«, antwortete der hartherzige Momus leichthin. Die Operation war auf die kommende Nacht anberaumt.

Tagsüber lief alles wie geschmiert: Die wahnsinnig verliebte Fürstin, die vor Leidenschaft den Kopf verloren hatte, versprach ihrem platonischen Anbeter, ihm in der Nacht einen Besuch abzustatten. Dabei sprach sie von der Erhabenheit der Gefühle und dem Bund liebender Herzen im höheren Sinne, ohne Schmutz und Banalität. Wieviel davon den Asiaten wirklich erreichte, ist ungewiß, aber über den Besuch freute er sich sichtlich, und er erklärte in gebrochenem Französisch, er werde um punkt Mitternacht die Gartenpforte öffnen.

»Aber ich komme mit meiner Amme«, kündigte Mimi an. »Denn ich kenne euch Männer.«

Darauf ließ Tarik Bei den Kopf hängen und seufzte bitterlich. Mimi kamen fast die Tränen vor Mitleid.

Die Nacht von Sonnabend auf Sonntag war mondhell und sternenklar, gerade richtig für ein platonisches Liebesabenteuer. Am Tor der Vorstadtvilla des Generalgouverneurs entließ Momus die Droschke und sah sich nach allen Seiten um. Vorn lag das Steilufer der Moskwa, hinten der Tannenhain des Sperlingsparks, rechts und links waren die dunklen Silhouetten teurer Landhäuser zu erkennen. Nachher mußte er zu Fuß zurück: durch den Botanischen Garten zum Abdeckerviertel. Dort gab es eine Schenke an der Kalugaer Chaussee, wo man Tag und Nacht eine Troika bekam. Ach, und dann mit Schellengeklingel die Chaussee entlang! Daß leichter Frost herrschte, schadete nichts, der Smaragd würde ihn schon wärmen.

Sie klopften das vereinbarte Signal an die Pforte, und sie öffnete sich sofort. Der Sekretär hatte wohl schon ungeduldig gewartet. Mit einer tiefen Verbeugung winkte er, ihm zu folgen. Sie gingen durch den verschneiten Garten zur Haustür. Im Vestibül saßen drei Gendarmen, tranken Tee und aßen Kringel dazu. Neugierig musterten sie den Sekretär und seine mitternächtlichen Besucher; der Wachtmeister mit dem grauen Schnauzbart brummte kopfschüttelnd, sagte aber nichts. Was scherte es ihn?

Im dunklen Korridor legte Tarik Bei den Finger an den Mund und zeigte nach oben, dann drückte er die Handflächen gegeneinander, hielt sie an die Wange und schloß die Augen. Aha, Hoheit schliefen bereits, sehr schön.

Im Salon brannte eine Kerze, orientalische Wohlgerüche erfüllten die Luft. Der Sekretär nötigte die Duena in einen Sessel, schob ihr eine Schale mit Früchten und Süßigkeiten hin, verbeugte sich mehrmals und murmelte etwas Unverständliches, aber der Sinn ließ sich denken.

»Ach, Kindär, Kindär«, gurrte Momus gutmütig und drohte mit dem Finger. »Macht mir ja keinä Dummheitän.«

Die Verliebten faßten sich bei der Hand und verschwanden im Zimmer des Sekretärs, um sich der erhabenen platonischen Leidenschaft zu widmen. Besabbern wird er sie, der indische Wallach, dachte Momus stirnrunzelnd. Er blieb sitzen und wartete, um sicher zu gehen, daß der Eunuch abgelenkt war. Er aß eine saftige Birne, kostete vom Halwa. So, nun wurde es Zeit.

Die herrschaftlichen Räume lagen wohl hinter der weißen Tür dort. Momus trat in den Korridor, kniff die Augen zu und stand ein Weilchen da, um seine Augen an die Dunkelheit zu gewöhnen. Dann bewegte er sich rasch und lautlos.

Er öffnete eine Tür – der Musiksalon. Die nächste – das Eßzimmer. Die dritte – wieder falsch.

Da fiel ihm ein, daß Tarik Bei nach oben gezeigt hatte. Also mußte er in den ersten Stock.

Er glitt ins Vestibül, huschte geräuschlos die mit einem Läufer belegte Treppe hinauf. Die Gendarmen drehten sich nicht um. Wieder ein langer Korridor mit einer Reihe von Türen.

Das Schlafzimmer war das dritte links. Durchs Fenster schien der Mond, und Momus sah das Bett, in dem sich als Silhouette eine zugedeckte Gestalt abzeichnete. Daneben – hurra! – erspähte er auf dem Nachttisch ein weißes Hügelchen. Das Mondlicht streifte den Turban, und der Stein sandte Momus einen flimmernden Strahl ins Auge.

Auf Zehenspitzen näherte sich Momus dem Bett. Achmed Chan schlief auf dem Rücken, das Gesicht zugedeckt, und nur der schwarze Bürstenschnitt war zu sehen.

»Eiapopeia«, flüsterte Momus zärtlich und legte Seiner Hoheit den Pikbuben auf den Bauch.

Behutsam griff er nach dem Stein. Als seine Finger die ölig-glatte Oberfläche des Steins berührten, schnellte plötzlich eine kurzfingerige, seltsam bekannte Hand unter der Zudecke hervor und packte Momus mit ehernem Griff am Handgelenk.

Vor Überraschung aufkreischend, fuhr er zurück, aber die Hand hielt ihn unerbittlich fest. Vom Bett starrte ihn die dickbäckige, schlitzäugige Visage von Fandorins Kammerdiener an.

»Von dieser B-Begegnung träume ich schon lange, Monsieur Momus«, sagte hinter ihm eine halblaute Stimme spöttisch. »Erast Petrowitsch Fandorin, Ihnen zu dienen.«

Momus drehte sich gehetzt um und sah in der dunklen Ecke in einem hohen Voltairesessel einen Mann sitzen, der ein Bein übers andere geschlagen hatte.

Der Chef muß lachen

»Klingelingeling!«

Das durchdringende Schrillen der elektrischen Klingel drang aus weiter, weiter Ferne in Anissis geschmolzenes Bewußtsein. Anfangs begriff er überhaupt nicht, was das war. Aber ein beunruhigtes Flüstern aus der Dunkelheit brachte den in Seligkeit schwelgenden Sekretär zur Besinnung: »On sonne! Qu'est que c'est?«*

Anissi fuhr hoch, erinnerte sich an alles und befreite sich aus der weichen und doch erstaunlich klammernden Umarmung.

Das Signal! Die Falle war zugeschlagen!

Ach, wie schade! Doch wie hatte er nur seine Pflicht vergessen können!

»Pardon«, murmelte er. »Tout de suite!«**

Er tastete im Dunklen nach seinem Chalat, scharrte mit den Füßen nach den Pantoffeln und stürzte zur Tür, ohne die hartnäckige Stimme zu beachten, die immerzu irgendwelche Fragen stellte.

Er sprang in den Korridor, schloß die Tür und drehte den Schlüssel zweimal herum. So, nun konnte das Vögelchen nicht entflattern. Das Zimmer hatte Eisengitter an den Fen-

* (franz.) Man läutet! Was bedeutet das?

** (franz.) Entschuldigung, ich komme gleich wieder.

stern. Als der Schlüssel im Schloß knirschte, bekam sein Herz einen Kratzer, aber Pflicht ist Pflicht.

Anissi schlurfte mit seinen Pantoffeln den Korridor entlang. Auf dem oberen Treppenabsatz griff der zum Fenster hereinschauende Mond eine entgegeneilende weiße Gestalt aus der Dunkelheit. Ein Spiegel!

Anissi blieb stehen, versuchte, in der Dunkelheit sein Gesicht zu erkennen. Was denn, das sollte er sein, Anissi, Sohn eines Diakons, Bruder der schwachsinnigen Sonja? Nach dem glücklichen Glanz der Augen zu urteilen (sonst sah er nichts), war das nicht er, sondern ein ganz anderer Mensch, den Anissi nicht kannte.

Er öffnete die Tür zum Schlafzimmer von »Achmed Chan« und hörte die Stimme Fandorins: »Sie werden sich für alle Ihre Streiche verantworten, Herr Spaßvogel. Für die Traber des Bankiers Poljakow, für den ›Goldbach‹ des Kaufmanns Patrikejew, für den englischen Lord, für die Lotterie. Und natürlich auch für Ihren zynischen Ausfall gegen mich und dafür, daß ich mich Ihretwegen schon seit fünf Tagen mit Nußsaft einschmieren und den blöden Turban tragen muß.«

Anissi wußte bereits: Wenn der Hofrat nicht mehr stotterte, war das ein schlechtes Zeichen, dann war er entweder hochgradig angespannt oder aber bitterböse. Diesmal traf wohl das letztere zu.

Im Schlafzimmer war folgendes Bild.

Die bejahrte Georgierin saß auf dem Fußboden neben dem Bett, ihr gewaltiger Zinken war seltsam zur Seite gerutscht. Hinter ihr stand, die dünnen Augenbrauen wütend gerunzelt und die Hände kriegerisch in die Hüften gestemmt, der Japaner Masa, bekleidet mit einem langen Nachthemd. Fandorin saß in der Ecke in einem Sessel und klopfte mit einer nicht angezündeten Zigarre auf die Armlehne. Sein Gesicht war leidenschaftslos, seine Stimme klang träge, hatte aber einen so donnergrollenden Unterton, daß Anissi erschauerte.

Der Chef drehte sich nach dem eingetretenen Assistenten um und fragte: »Na, was macht das Vögelchen?«

»Sitzt im Käfig«, rapportierte Anissi zackig und schwenkte den Schlüssel mit dem doppelten Bart.

Die schiefnasige »Duena« blickte auf die triumphierend erhobene Hand des Sekretärs und schüttelte skeptisch den Kopf.

»Ah, der Herr Eunuch«, sagte sie in einem so schallenden Bariton, daß Anissi zusammenzuckte. »Die Glatze steht Ihnen.« Und die alte Hexe streckte ihm die Zunge heraus.

»Ihnen der Weiberputz auch«, fauchte Anissi beleidigt zurück und griff unwillkürlich nach seinem kahlen Kopf.

»B-Bravo«, lobte Fandorin die Schlagfertigkeit seines Assistenten. »Und Ihnen, Herr Pikbube, rate ich, hier nicht so aufzutrumpfen. Ihre Aktien stehen schlecht, denn diesmal haben wir Sie auf frischer Tat ertappt.«

Drei Tage nachdem die »Fürstin Tschchartischwili« in Begleitung der Duena zum Spaziergang erschienen war, hatte Anissi verwirrt zu Fandorin gesagt: »Sie sagten, Chef, es seien nur zwei, der ›Pikbube‹ und das Mädchen, aber nun ist ja noch die alte Frau aufgetaucht.«

»Sie sind selber eine alte Frau, Tulpow«, hatte der »Prinz« lässig erwidert und sich höflich vor einer entgegenkommenden Dame verbeugt. »Das ist doch er, unser Momus.

Virtuos maskiert, nichts dagegen zu sagen. Nur seine Füße sind ein bißchen groß für eine Frau, und der Blick ist zu hart. Er ist es, mein Lieber, er und kein anderer.«

»Nehmen wir ihn fest?« hatte Anissi voller Eifer geflüstert und so getan, als klopfe er Schnee von der Schulter seines Herrn.

»Mit welcher Begründung? Das Mädchen war zwar bei der Lotterie, dafür gibt es Zeugen. Aber den Pikbuben kennt doch niemand von Angesicht. Wofür ihn verhaften? Weil er sich als alte Frau verkleidet hat? Nein, auf den warte ich schon so lange, nun soll er mir in die Falle gehen. Am Ort des Verbrechens, auf frischer Tat.«

Offen gestanden, Anissi hatte das für eine übertriebene Spitzfindigkeit des Hofrats gehalten. Aber die Voraussagen Fandorins waren wie immer eingetroffen: Der Birkhahn war auf die Attrappe hereingefallen. Jetzt konnte er sich nicht mehr herausreden.

Fandorin riß ein Streichholz an und setzte die Zigarre in Brand. Dann sagte er hart und unfreundlich: »Ihr größter Fehler, mein liebwerter Herr, besteht darin, daß Sie Ihre Späße mit Leuten getrieben haben, die eine Verhöhnung nicht verzeihen.«

Da der Arrestant nichts sagte und nur die verrutschte Nase zu richten versuchte, hielt Fandorin es für richtig zu präzisieren: »Ich meine erstens den Fürsten Dolgorukoi und zweitens mich. Noch nie hat es sich jemand erlaubt, so dreist über mein Privatleben zu spotten. Und mit so unangenehmen Folgen für mich.«

Der Chef verzog leidend das Gesicht. Anissi nickte mitfühlend, als er sich erinnerte, was Fandorin auszustehen gehabt hatte, bis er aus der Kleinen Nikitskaja auf die Sperlingsberge umziehen konnte.

»Geschickt eingefädelt war das Ganze ja, das bestreite ich nicht«, fuhr Fandorin fort und nahm sich zusammen. »Die Sachen der Gräfin werden Sie selbstverständlich zurückgeben, und zwar sofort, noch vor Beginn des Prozesses. Dann ziehe ich diesen Anklagepunkt zurück. Der Name der Gräfin Opraxina darf nicht vor Gericht gezerrt werden.«

Der Hofrat dachte ein Weilchen nach, dann nickte er, als müsse er einen schwierigen Entschluß fassen, und sagte zu Anissi: »Tulpow, wenn es Ihnen nicht zuviel Mühe macht, vergleichen Sie doch nachher die Sachen mit der Liste der Gräfin und schicken Sie alles nach Petersburg. Adresse: Fontanka, Haus von Graf und Gräfin Opraxin.«

Anissi seufzte, wagte jedoch keine weiteren Gefühle zu zeigen. Fandorin hingegen, verärgert wohl über den eigenen Entschluß, wandte sich wieder dem Arrestanten zu.

»Nun, Sie haben sich nicht schlecht amüsiert auf meine Kosten. Aber für jedes Vergnügen muß man bekanntlich zahlen. In den nächsten fünf Jahren in der Katorga werden Sie viel Zeit haben, aus allem nützliche Lehren zu ziehen. Dann werden Sie künftig wissen, mit wem Sie Späße treiben können und mit wem nicht.«

An Fandorins ausdruckslosem Ton erkannte Anissi, daß sein Chef von rasender Wut erfüllt war.

»Erlauben Sie mal, lieber Erast Petrowitsch«, sagte die »Duena« gedehnt. »Schönen Dank, daß Sie sich bei meiner

Festnahme vorgestellt haben, sonst würde ich Sie weiterhin für eine indische Hoheit halten. Wie kommen Sie denn bitteschön auf fünf Jahre Katorga? Vergleichen wir doch mal unsere Arithmetik. Traber, Goldbach, Lord, Lotterie – lauter Rätsel. Was hat all das mit mir zu tun? Und von was für Sachen der Gräfin sprechen Sie? Wenn sie der Gräfin Opraxina gehören, wieso befanden sie sich bei Ihnen? Sie leben doch nicht etwa mit der Frau eines anderen zusammen? Das wäre aber gar nicht schön. Obwohl es mich auch wieder nichts angeht. Wenn ich aber beschuldigt werde, verlange ich Beweise und Gegenüberstellungen. Vor allem Beweise.«

Anissi ächzte angesichts solcher Frechheit und sah seinen Chef beunruhigt an. Der lachte böse auf.

»Dann darf ich mal fragen, was machen Sie hier? In dieser Aufmachung, zu nächtlicher Stunde?«

»Eine Dummheit habe ich gemacht«, antwortete Momus und schniefte kläglich. »Der Smaragd hat es mir angetan. Aber was Sie gemacht haben, nennt man Provokation, meine Herren. Sie werden ja sogar unten von Gendarmen bewacht. Das ist eine ganze Polizeiverschwörung.«

»Die Gendarmen wissen nicht, wer wir sind«, konnte Anissi sich nicht verkneifen zu prahlen. »Sie sind an keiner Verschwörung beteiligt. Für die sind wir Asiaten.«

»Unwichtig«, wischte der Betrüger seine Worte weg. »Wie viele Staatsdiener sind hier versammelt? Und alle gegen einen armen unglücklichen Mann, den Sie selbst in Versuchung geführt haben. Ein guter Advokat würde Sie vor Gericht in der Luft zerreißen. Außerdem ist Ihr Stein, soweit ich sehe, bestenfalls zehn Goldrubel wert. Wenn's hoch kommt, ein Monat Arrest. Und Sie, Erast Petrowitsch, reden von fünf Jahren Katorga. Meine Rechnung ist genauer.«

»So, und der Pikbube, den Sie vor zwei Zeugen aufs Bett gelegt haben?« Der Hofrat stieß verärgert die Zigarre in den Aschbecher.

»Ja, das war nicht schön von mir.« Der Gauner ließ reuig den Kopf hängen. »Das könnte man Zynismus nennen. Ich wollte den Verdacht auf die Bande der ›Pikbuben‹ lenken. Von der redet ja ganz Moskau. Kann sein, daß mir zu dem Monat Arrest noch eine Kirchenbuße auferlegt wird. Macht nichts, ich werde meine Sünde abbeten.«

Er bekreuzigte sich fromm und zwinkerte Anissi zu.

Fandorin ruckte mit dem Kinn, als drückte ihn der Kragen, dabei stand sein weißes Hemd mit der orientalischen Stickerei weit offen.

»Sie vergessen Ihre Spießgesellin. Sie ist mit der Lotterie kräftig auf die Nase gefallen. Ich glaube nicht, daß sie bereit sein wird, ohne Sie ins Gefängnis zu gehen.«

»Ja, Mimi liebt Gesellschaft«, stimmte der Arrestant zu. »Ich bezweifle nur, daß sie noch friedlich in Ihrem Käfig sitzt. Herr Eunuch, erlauben Sie mir noch einen Blick auf den Schlüssel.«

Anissi sah zu seinem Chef hinüber, nahm den Schlüssel fest in die Hand und zeigte ihn dem Gauner von weitem.

»Ja, ich habe recht.« Momus nickte. »Ein einfaches und vorsintflutliches Schloß Marke ›Großmutters Truhe‹. Das kriegt Mimi sekundenschnell mit einer Haarnadel auf.«

Der Hofrat und sein Assistent sprangen gleichzeitig auf. Fandorin rief Masa etwas auf japanisch zu, wahrscheinlich

»nicht aus den Augen lassen« oder so. Der Japaner packte Momus bei den Schultern. Was weiter geschah, sah Anissi nicht, denn er sprang schon zur Tür hinaus.

Sie liefen die Treppe hinunter und stürmten durch das Vestibül, vorbei an den erschrockenen Gendarmen.

Da, die Tür zum Zimmer von Tarik Bei stand sperrangelweit offen. Das Vögelchen war ausgeflogen!

Stöhnend, als hätte er Zahnschmerzen, sauste Fandorin zurück ins Vestibül, Anissi hinterher.

»Wo ist sie?« blaffte der Hofrat den Wachtmeister an.

Der riß den Mund auf vor Verblüffung, daß der indische Prinz plötzlich reinstes Russisch sprach.

»Antworte gefälligst!« schnauzte Fandorin ihn an. »Wo ist das Mädchen?«

»Na ja ...« Der Wachtmeister stülpte sich für alle Fälle den Helm auf und salutierte. »Vor fünf Minuten gegangen. Und sie hat gesagt, ihre Begleiterin bleibt noch.«

»Vor fünf Minuten!« wiederholte Fandorin nervös. »Tulpow, ihr nach! Und Sie halten die Augen offen!«

Sie eilten die Freitreppe hinab, liefen durch den Garten, sprangen durchs Tor.

»Ich rechts, Sie links!« gebot der Chef.

Anissi humpelte die Mauer entlang. Der eine Pantoffel war gleich im Schnee steckengeblieben, und er mußte auf einem Fuß hüpfen. Dann war die Gartenmauer zu Ende, vorn waren das weiße Band der Straße, schwarze Bäume und Sträucher. Keine Menschenseele. Tulpow drehte sich auf dem Fleck wie ein frischgeköpftes Huhn. Wo suchen? Wohin laufen?

Unterhalb des Steilufers, jenseits des zugefrorenen Flusses, lag wie in einer riesigen schwarzen Schale die gigantische Stadt. Sie war fast unsichtbar, nur da und dort zogen sich spärliche Ketten von Straßenlaternen hin, aber die Schwärze war nicht leer, sondern spürbar lebendig – etwas da unten atmete schläfrig, seufzte, stöhnte. Wind kam auf, blies weißen Staub über die Erde, und Anissi in seinem dünnen Chalat fror bis aufs Mark.

Er mußte zurück. Vielleicht hatte Fandorin mehr Glück gehabt?

Sie trafen sich beim Tor. Der Chef war leider auch allein zurückgekehrt.

Vor Kälte zitternd, liefen die beiden »Inder« ins Haus.

Sonderbar – die Gendarmen waren nicht auf ihrem Posten. Dafür tönten von oben, aus dem ersten Stock, Flüche, Gepolter und Geschrei.

»Verdammt!« Fandorin und Anissi, ohne verpustet zu haben, stürmten Hals über Kopf die Treppe hinauf.

Das Schlafzimmer war verwüstet. Die zwei Gendarmen hingen an den Schultern des wutschäumenden Masa, und der Wachtmeister zielte, mit dem Ärmel roten Rotz abwischend, mit dem Revolver auf den Japaner.

»Wo ist er?« fragte Fandorin und sah sich um.

»Wer?« fragte der Wachtmeister und spuckte einen Zahn aus.

»Der Pikbube!«schrie Anissi. »Na, die alte Vettel!«

Masa sprudelte etwas in seiner Sprache hervor, aber der Wachtmeister stieß ihm die Mündung in den Bauch.

»Halt's Maul, Heide! Also, Euer ...« Der Wachtmeister stockte und wußte nicht, wie er den komischen Vorgesetzten anreden sollte. »Also, Euer Indigkeit, wir stehen unten, halten die Augen offen wie befohlen, da schreit von oben ein Weib: ›Hilfe‹, schreit sie, ›Mörder! Helft mir!‹ Wir sind gleich hier herauf und kucken, da hat doch dieser Schlitzäugige das alte Muttchen, das mit dem Fräulein gekommen ist, zu Boden geworfen und am Hals gepackt. Die Ärmste schreit: ›Hilfe, ein chinesischer Einbrecher hat mich überfallen!‹ Der brabbelt was in seiner Sprache. Und Kräfte hat der Satan! Mir hat er einen Zahn ausgeschlagen und Terestschenko den Backenknochen verbogen.«

»Wo ist die alte Hexe?« Der Hofrat packte den Wachtmeister an den Schultern, und wohl sehr kräftig, denn der wurde kreideweiß.

»Na, hier irgendwo«, krächzte er. »Wo soll sie schon hin? Erschrocken ist sie, hat sich irgendwo verkrochen. Die findet sich schon wieder. Aber wenn belieben … Tut doch weh!«

Fandorin und Anissi wechselten wortlos einen Blick.

»Verfolgen wir ihn?« fragte Anissi bereitwillig und schob die Füße tiefer in die Pantoffeln.

»Es reicht, wir sind genug gelaufen, haben Herrn Momus erheitert«, antwortete der Hofrat mit erloschener Stimme.

Er schickte die Gendarmen weg, setzte sich in den Sessel und ließ die Arme hängen. In seinem Gesicht ging eine unbegreifliche Veränderung vor. Auf der glatten Stirn bildete sich eine Querfalte, die Mundwinkel bogen sich abwärts, die Augen blinzelten. Dann bebten die Schultern, und Anissi erschrak heftig – der Chef wollte doch nicht etwa weinen?

Aber da schlug sich Fandorin aufs Knie und brach in ein lautloses, unaufhaltsames, übermütiges Gelächter aus.

La Grande Opération

Mit gerafften Röcken hastete Momus an Zäunen und leeren Sommerhäusern entlang in Richtung der Kalugaer Chaussee. Er sah sich immer wieder um – wurde er verfolgt, so mußte er sich in die Büsche schlagen, die gottlob rechts und links der Straße reichlich wuchsen.

Als er an einem verschneiten Tann vorbeilief, rief ihn ein klägliches Stimmchen an: »Momtschik, endlich! Ich bin halb erfroren!«

Unter einer ausladenden Tanne lugte Mimi hervor und rieb sich frierend die Hände. Erleichtert setzte er sich auf die Böschung, schöpfte mit der Hand Schnee und legte ihn auf die verschwitzte Stirn. Die verdammte Nase war vollends verrutscht. Momus riß sie ab und warf sie in den Schnee.

»Uff«, sagte er, »bin lange nicht so gerannt.«

Mimi setzte sich neben ihn, lehnte den gesenkten Kopf an seine Schulter.

»Momtschik, ich muß dir was gestehen.«

»Was denn?« fragte er beunruhigt.

»Ich kann nichts dafür, Ehrenwort ... Na ja ... er ist kein Eunuch.«

»Ich weiß«, knurrte Momus und klopfte wütend Tannennadeln von ihrem Ärmel. »Die beiden waren unser Bekannter Monsieur Fandorin und sein Leporello von der Gendarmerie. Die haben mich schön aufs Kreuz gelegt. Erstklassig.«

»Wirst du dich rächen?« fragte Mimi schüchtern und sah ihn von unten herauf an.

Momus kratzte sich das Kinn.

»Ach, zum Teufel mit denen. Wir müssen aus Moskau verschwinden. Schleunigst.«

Aber aus dem ungastlichen Moskau verschwinden, das ging nicht so schnell, denn am nächsten Tag entstand die Idee einer grandiosen Operation, die Momus auch gleich »La Grande Opération« taufte.

Die Idee entstand rein zufällig, infolge einer erstaunlichen Verknüpfung von Umständen.

Sie mußten für ihren Rückzug Vorsichtsmaßnahmen treffen. Im Morgengrauen ging Momus auf den Trödelmarkt und erstand die notwendige Ausstattung für den Gesamtbetrag von drei Rubeln und dreiundsiebzigeinhalb Kopeken. Er entfernte alle Schminke aus dem Gesicht, setzte eine fünfeckige Schirmmütze auf, zog eine Steppjacke und Stiefel mit Galoschen an und verwandelte sich so in einen unauffälligen Kleinbürger. Mit Mimi war es schwieriger, weil die Polizei ihr Äußeres kannte. Nach einigem Überlegen beschloß Momus, einen Jungen aus ihr zu machen. Angetan mit einer Schaffellmütze, einem speckigen Halbpelz und großen Filzstiefeln, war sie nicht mehr zu unterscheiden von den flinken Moskauer Halbwüchsigen, die auf dem Sucharewka-Markt herumflitzten, wo man gut tat, die Hand auf der Hosentasche zu halten.

Im übrigen verstand sich Mimi nicht schlechter als ein zünftiger Langfinger darauf, anderen die Taschen auszuräumen. Einmal in Samara, als sie völlig auf dem trockenen saßen, hatte sie einem Kaufmann die Uhr aus der Weste gezogen. Die Zwiebel war nichts wert, aber Momus wußte, daß der Kaufmann an ihr hing, weil er sie von seinem Großvater geerbt hatte. Der untröstliche Tit Titytsch setzte für den Finder des Erbstücks eine Belohnung von tausend Rubeln aus und bedankte sich überschwenglich bei dem kleinen Studenten, der die Uhr im Straßengraben gefunden hatte. Für die tausend Rubel eröffnete Momus in der friedlichen Stadt eine chinesische Apotheke und verdiente schönes Geld mit wunderwirkenden Kräutern und Wurzeln gegen alle möglichen Kaufmannskrankheiten.

Doch was half's, einstiger Erfolge zu gedenken. Sie mußten aus Moskau abziehen wie die Franzosen – mit langer Nase. Momus nahm an, daß auf den Bahnhöfen Geheimagenten ihnen auflauerten, und traf seine Maßnahmen.

Um den gefährlichen Herrn Fandorin gnädig zu stimmen, expedierte er die Sachen der Gräfin Addy nach Petersburg. Allerdings konnte er es sich nicht verkneifen, auf das Frachtpapier zu schreiben: »Für die Pikdame vom Pikbuben.« Den Nephrit-Rosenkranz und die amüsanten Stiche schickte er mit der städtischen Post in die Kleine Nikitskaja, schrieb aber aus Vorsicht nichts dazu.

Auf dem Bahnhof wollte er sich überhaupt nicht zeigen. Die Koffer schickte er vorab zum Brjansker Bahnhof, damit sie in den morgigen Zug verladen würden. Er und Mimi würden zu Fuß gehen. Hinter dem Dorogomilowoer Stadttor wollte er einen Droschkenschlitten mieten, bis zur ersten Bahnstation Moshaisk fahren und sich erst hier wieder mit seinem Gepäck vereinigen.

Die Stimmung war gedrückt. In Moskau aber wurde der Sonntag vor den Großen Fasten gefeiert, der Vergebungstag, letzter Tag der übermütigen Fastnachtswoche. Morgen in aller Frühe würde das Fasten und Beten beginnen, dann würden die bunten Luftballons von den Straßenlaternen entfernt und die malerischen Marktbuden auseinandergenommen werden, und es würde weniger Betrunkene geben, doch heute feierte das Volk noch, aß und trank.

Beim Smolensker Markt wurde mit der »Diligence« auf einem riesigen Holzberg gerodelt – Gejohle, Gepfeife, Gekreisch. Überall wurden heiße Bliny feilgeboten, gefüllt mit Heringsköpfen, mit Grütze, mit Honig, mit Kaviar. Ein türkischer Zauberkünstler mit rotem Fes schob sich krumme Jatagane in den weißgezähnten Rachen. Ein Gaukler lief auf den Händen und zappelte lustig mit den Beinen. Ein schwärzlicher Kerl mit Lederschurz und nackter Brust stieß Flammen aus dem Mund.

Mimi drehte den Kopf nach allen Seiten wie ein Lausbub. Sich in ihre Rolle einlebend, verlangte sie einen giftroten Hahn am Stöckchen und leckte vergnügt mit spitzem rosa Zünglein an diesem garstigen Naschwerk, obwohl sie im gewöhnlichen Leben Schweizer Schokolade bevorzugte, von der sie am Tag bis zu fünf Tafeln verdrücken konnte.

Aber nicht alle auf dem buntwimmelnden Platz amüsierten sich und überfraßen sich mit Bliny. Vor der reichen Kaufmannskirche Unserer Lieben Frau von Smolensk saßen in langer Reihe Bettler, verneigten sich tief, baten die Rechtgläubigen um Vergebung und vergaben selbst. Für die Armen war heute ein wichtiger, einträglicher Tag. Viele Leute gaben ihnen Bliny, Wodka, ein wenig Geld.

Aus der Kirche trat schweren Schritts ein reicher Protz auf den Vorplatz; er trug einen offenen Hermelinpelz, und sein kahler Kopf war unbedeckt. Er bekreuzigte seine gedunsene, nicht eben gottgefällige Visage und rief schallend: »Vergib mir, rechtgläubiges Volk, wenn Samson Jeropkin irgendwie gefehlt hat!«

Die Bettler kamen in Bewegung, riefen durcheinander: »Vergib auch du uns, Väterchen! Vergib uns, Wohltäter!«

Sie erwarteten milde Gaben, aber keiner drängte nach vorn, alle stellten sich flink in zwei Reihen auf, um einen Durchgang freizumachen bis zu der Stelle, wo ein luxuriöser Schlitten auf den Geldsack wartete, lackiert und mit Pelzen ausgelegt.

Momus blieb stehen, um zu erleben, womit dieser Fettback sich das Himmelreich erkaufen würde. Seiner Fresse war schließlich anzusehen, daß er ein Blutsauger und Menschenschinder war, wie ihn die Welt noch nicht gesehen hatte, und doch war er scharf darauf, ins Paradies zu kommen. Wie hoch mochte er sein Eintrittsbillett veranschlagen?

Hinter dem schmerbäuchigen Wohltäter schritt, ihn um anderthalb Köpfe überragend, ein bärenstarker schwarzbärtiger Vierschrot mit dem Gesicht eines Scharfrichters. Um den rechten Unterarm gewickelt, trug er eine lange Lederknute, in der Linken einen leinenen Geldbeutel. Ab und zu drehte sich der Herr nach seinem Knecht um, griff in den Beutel und schenkte den Bettlern je eine Münze. Als ein beinloser alter Mann ungeduldig außer der Reihe nach einem Almosen greifen wollte, stieß der Schwarzbart ein drohendes Brüllen aus, wickelte mit einer blitzschnellen Bewegung die Peitsche ab und versengte dem Bettler mit einem heftigen Schmitz den blaugrauen Schädel, so daß er aufstöhnte.

Der Dickwanst im Hermelinmantel legte in die ausgestreckten Hände je eine Münze und sprach jedesmal dazu: »Nicht für euch, nicht für euch, ihr Saufbolde – für den allgütigen Herrgott und für das Mütterchen Fürbitterin, auf daß dem Gottesknecht Samson seine Sünden vergeben werden.«

Momus sah genauer hin und konnte seine Neugier stillen: Wie er vermutet hatte, kaufte sich der Fettback wohlfeil von der feurigen Hölle los, denn er spendete den Armen je eine Kupferkopeke.

»Die Sünden des Gottesknechts Samson scheinen nicht groß zu sein«, murmelte Momus hörbar und wollte seines Wegs gehen.

Eine heisere, versoffene Stimme dröhnte ihm direkt ins Ohr: »Doch, sehr groß, Junge. Du bist wohl nicht aus Moskau, wenn du den Jeropkin nicht kennst?«

Neben Momus stand ein zerlumpter hagerer Mann mit nervös zuckendem erdgrauem Gesicht. Er stank nach Fusel, und sein Blick, den er an Momus vorbei auf den filzigen Spender geheftet hielt, glühte vor grimmigem Haß.

»Dieser Samson Jeropkin saugt halb Moskau das Blut

aus«, klärte er Momus auf. »Die Schlafplätze in Chitrowka, die Schenken in Gratschi, am Sucharewka-Platz, auch in Chitrowka, die gehören fast alle ihm. Er kauft den Dieben Sore ab und verleiht Geld zu Wucherzinsen. Kurz und gut, ein Vampir, eine eklige Giftnatter.«

Momus warf mit frisch erwachtem Interesse einen Blick auf den unsympathischen Fettwanst, der eben in den Schlitten stieg. Sieh mal an, was gab es nicht für markante Typen in Moskau!

»Und die Polizei kann ihm nichts anhaben?«

Der Zerlumpte spuckte aus.

»Ha, Polizei! Der geht doch beim Generalgouverneur, Fürst Dolgorukoi, ein und aus. Na, klar, Jeropkin ist ja General! Als die Kirche gebaut wurde, hat er von seinen Gewinnen schleunigst ne Million gespendet, dafür hat er vom Zaren einen Stern am Bande gekriegt und einen Posten in der Gottgefälligen Gesellschaft. Aus Samson dem Blutsauger wurde ›Exzellenz‹. Dieser Dieb und Mörder!«

»Na, ein Mörder wird er vielleicht doch nicht sein«, sagte Momus zweifelnd.

»Nicht?« Der Zerlumpte sah seinen Gesprächspartner zum erstenmal an. »Samson selbst macht sich natürlich nicht die Hände blutig. Aber hast du den stummen Kusma gesehen? Den mit der Knute? Das ist kein Mensch, das ist eine Bestie, ein Kettenhund. Der kann einen Menschen bei lebendigem Leib in Stücke reißen. So was hat's gegeben. Junge, von denen ihren Geschäften kann ich dir ne Menge erzählen!«

»Na, komm mit, erzähl. Wir setzen uns zusammen, ich

spendiere einen.« Momus hatte nichts weiter vor, und der Mann schien interessant zu sein. Von solch einem konnte er viel Nützliches erfahren. »Ich geb bloß meinem Jungen ein bißchen Geld zum Karussellfahren.«

Sie setzten sich in eine Schenke. Momus bestellte für sich Tee und Kringel und für den Trinker eine Vierkantflasche Wacholderschnaps nebst gesalzenem Blei.

Der Mann leerte langsam und würdevoll ein Glas und knabberte am Fischschwanz. Dann holte er weit aus.

»Du kennst Moskau nicht und hast bestimmt von den Sandunow-Bädern noch nicht gehört?«

»Doch, die sind ja bekannt«, antwortete Momus und schenkte ihm nach.

»Ja, das sind sie. Ich war dort in der Herrenabteilung der erste Mann. Den Jegor Tischkin hat jeder gekannt. Zur Ader lassen, Schwielen abhobeln, erstklassig rasieren – hab ich alles gekonnt. Berühmt aber waren meine Körpermassagen. Gescheite Hände hatte ich. Ich hab das Blut in Schwung gebracht, hab Knochen gelockert, und Grafen und Generäle haben bei mir geschnurrt wie die Kätzchen. Ich konnte auch verschiedne Krankheiten kurieren, mit Kräutertees und Pflanzenauszügen. Manchen Monat hab ich bis hundertfünfzig Rubel verdient. Ich hatte ein Haus mit Garten. Ne Witwe hat mich immer besucht, so eine aus dem geistlichen Stand.«

Jegor Tischkin leerte das zweite Glas schon ohne Umstände, in einem Zug, und knabberte nicht am Fisch.

»Jeropkin, diese Laus, hat mich bevorzugt. Jedesmal hat

er den Tischkin verlangt. Ich wurde auch viele Male zu ihm nach Hause bestellt, war sozusagen sein Mann. Ich hab ihm die verquollene Visage rasiert, die Fettbeulen wegmassiert, ihn von der Mannesschwäche kuriert. Wer hat dem Dicken die Hämorrhoiden weggemacht? Wer hat ihm den Bruch reingedrückt? Ich. Ach, er hatte goldene Finger, der Jegor Tischkin. Und heute ist er ein obdachloser Bettler. Und alles wegen dem Jeropkin! Hör zu, Junge, gib mir noch Schnaps! Meine Seele brennt wie Feuer!«

Nachdem sich der ehemalige Meister der Baderkunst ein wenig beruhigt hatte, fuhr er fort: »Abergläubisch ist er, der Jeropkin! Schlimmer als ein Dorfweib. An alle Vorzeichen glaubt er – an die schwarze Katze, an den Hahnenschrei, an den Neumond. Nun muß ich dir aber sagen, mein Lieber, der Jeropkin hatte mitten im Bart, genau im Grübchen, eine wundersame Warze, ganz schwarz, daraus wuchsen drei rote Haare. An der Warze hing er, hielt sie fürn besonderes Merkmal. Er ließ extra den Backenbart wachsen und rasierte das Kinn aus, damit sie besser zu sehen war. Und dieses Zeichen hab ich ihm genommen. Ich war an dem Tag nicht ganz bei mir, hatte am Abend zuvor viel gesoffen. Das hab ich mir selten erlaubt, nur an Feiertagen. Aber meine Mutter war dahingegangen, und da hab ich mich getröstet, wie sich's gehört. Na ja, und da hat mir die Hand gezittert, und das Rasiermesser ist scharf, aus Damaszener Stahl. So hab ich dem Jeropkin die Warze abgeschnippelt, und sie war beim Teufel. Wie der geblutet hat, und das Geschrei! ›Du hast mir mein Glück kaputtgemacht, du tolpatschiger Satan!‹ Geheult hat er, wollte die Warze wieder ankleben, aber sie hielt nicht, fiel runter. Da wurde er rasend und schrie nach Kusma. Der hat mich erst mal mit der Peitsche bearbeitet, doch das war dem Jeropkin zu wenig. ›Die Hände reiß ich dir aus‹, hat er gesagt, ›und jeden Finger einzeln.‹ Kusma hat sich meine rechte Hand geschnappt und sie in den Türspalt gesteckt und dann die Tür zugekracht. Es hat nur so geknirscht. Ich hab geschrien: ›Herr, verdirb mich nicht, ich muß verhungern, laß mir wenigstens die linke.‹ Aber nein, er hat mir auch die verstümmelt.«

Der Säufer schwenkte die Hand, und Momus sah erst jetzt seine Finger: sie waren steif und unnatürlich gespreizt.

Er schenkte dem Ärmsten nach und rüttelte ihn an der Schulter.

»Eine markante Gestalt, dieser Jeropkin«, sagte er gedehnt und dachte an die gedunsene Visage des Wohltäters. Solche mochte er gar nicht. Wenn er nicht weg müßte aus Moskau, könnte er diesem Vieh eine Lehre verpassen. »Wieviel bringen ihm denn seine Schenken und Schlafstellen?«

»Na, dreihunderttausend im Monat werden's schon sein«, antwortete Jegor Tischkin und wischte ärgerlich die Tränen weg.

»Na, da übertreibst du aber, mein Bester.«

Der Bader fuhr hoch.

»Überhaupt nicht! Ich sag doch, ich war sein Mann, war oft in seinem Haus. Jeden Tag, den Gott werden läßt, geht sein Kusma ins ›Katorga‹, ins ›Sibirien‹, ins ›Durchgangsgefängnis‹ und in die andern Saufkneipen, die Jeropkin gehören. Jeden Tag rafft er bis fünftausend ein. Sonnabends wird ihm das Geld von den Schlafstellen gebracht. Allein im

›Starkasten‹ wohnen ja vierhundert Familien. Und der Gewinn von den Nutten? Und der Reibach für die Hehlersore? Der Jeropkin packt das ganze Geld in einen Bastsack, und den hat er unter seinem Bett. Mit dem Sack ist er früher mal als Bettelmann nach Moskau gekommen, und nun bildet er sich ein, daß ihm der Sack seinen Reichtum beschert hat. Kurz und gut, er glaubt jeden Blödsinn wie ein altes Bauernweib. An jedem Ersten holt er seine Barschaft unterm Bett hervor und schafft sie zur Bank. Den schmutzigen Sack transportiert er in seiner vierspännigen Kutsche. Das ist sein allerwichtigster Tag. Es ist heimliches Geld, aus verbotnen Geschäften, darum hat er schlaue Buchhalter, die für das Ganze falsche Papierchen zusammenfingern. Manchmal bringt er dreihunderttausend zur Bank, manchmal auch mehr, je nachdem wieviel Tage der Monat hat.«

»Soviel Moos hat er im Hause und ist noch nie beraubt worden?« fragte Momus verwundert, der mit wachsender Aufmerksamkeit zuhörte.

»Das soll mal einer versuchen! Das Haus ist von ner Steinmauer umgeben, im Hof laufen Hunde frei rum, außerdem sind da Aufpasser und dieser Kusma. Dem seine Peitsche ist schlimmer als ne Pistole – damit kann er eine rennende Maus in zwei Hälften zerhacken. Von den Dieben traut sich keiner zu Jeropkin. Steht nicht dafür. Einmal, fünf Jahre ist das her, hat's ein Auswärtiger versucht. Den haben sie hinterher beim Abdecker gefunden, Kusma hatte ihm mit der Peitsche die Haut in Streifen abgefetzt. Ganz und gar. Und was kam? Rein nichts. Jeropkin schmiert ja wohl die ganze Polizei. Er hat unermeßlich viel Geld. Bloß daß dieses Scheusal keinen Nutzen davon haben wird, denn er verreckt an der Steinkrankheit. Nierensteine hat er, und kurieren kann ihn keiner außer dem Tischkin. Wissen die Doktors etwa, wie man einen Stein auflöst? Er hat nach mir geschickt. Komm, Jegoruschka, haben sie gesagt, er vergibt dir. Und Geld kriegst du, aber kurier ihn. Ich bin nicht hin! Er vergibt mir vielleicht, aber ich ihm nicht!«

»Und gibt er den Armen oft Almosen?« fragte Momus, dem das Blut vom zunehmenden Jagdeifer schneller durch die Adern strömte.

Durch die Tür der Schenke linste Mimi herein, der langweilig geworden war, doch er machte ihr Zeichen: Stör nicht, ich hab zu tun.

Tischkin legte traurig den Kopf auf die Hand, der Ellbogen glitt unsicher über das schmuddelige Tischtuch.

»Ja, oft. In den Großen Fasten wird er jeden Morgen über den Smolensker Markt gehen. Der Halunke hat da ein Kontor, in der Pljustschicha. Unterwegs steigt er aus dem Schlitten, verteilt Kopeken, insgesamt ein Rubel, und fährt weiter zum Kontor, um Tausende einzusacken.«

»Hör zu, Jegor Tischkin«, sagte Momus. »Du tust mir leid. Komm mit mir. Ich geb dir ein Nachtlager und Geld zum Vertrinken. Erzähl mir ausführlicher von deinem bitteren Leben. Also, er ist abergläubisch, sagst du, der Jeropkin?«

Eine Gemeinheit ist das, dachte Momus, während er den stolpernden Märtyrer zum Ausgang führte. Was hab ich für ein Pech in letzter Zeit! Februar ist der kürzeste Monat! Nur achtundzwanzig Tage! In dem Sack werden dreißigtausend weniger sein als im Januar oder März. Wenigstens ist schon der dreiundzwanzigste! Bis zum Monatsende ist's nicht mehr lange hin, aber noch genug Zeit für eine sorgfältige Vorbereitung. Wir müssen die Koffer vom Bahnhof zurückholen.

Eine große Operation stand bevor: Sie konnte mit einem Schlag die Moskauer Verluste ausgleichen.

Tags darauf, zu Beginn der Großen Fasten, war der Smolensker Markt nicht wiederzuerkennen. Über Nacht schien der Zauberer Tschernomor über den Platz hinweggerast zu sein und alles weggeblasen, mit breitem Ärmel weggefegt zu haben vom Antlitz der Erde – die sündigen, versoffenen, singenden und grölenden Menschen, die Verkäufer von Honigtrank, Bliny und Piroggen, die verschiedenfarbigen Fähnchen, die Papiergirlanden und Luftballons. Übriggeblieben waren nur die leeren Marktbuden, die schwarzen Krähen auf dem von der Sonne aufgeweichten Schnee und die Bettler auf dem Vorplatz der Kirche Unserer Lieben Frau von Smolensk.

In der Kirche wurde schon vor Tau und Tag eine Frühmesse zelebriert, und es begann das siebenwöchige zeremonielle Fasten, das mit Gottesdiensten auf das heilige Abendmahl vorbereitete. Der Kirchenälteste war schon dreimal durch die Menge der Andächtigen gegangen, um die Kollekte einzusammeln, und hatte dreimal die von Kupfer und Silber schwere Schüssel ins Allerheiligste gebracht, da erschien das wichtigste Gemeindemitglied, Exzellenz Samson Charitonowitsch Jeropkin persönlich. Er wirkte heute besonders gnädig. Das große teigige Gesicht war glatt rasiert, das spärliche Haar sorgsam gescheitelt, der lange Backenbart geölt.

Eine Viertelstunde lang kniete Jeropkin direkt vor der Heiligen Pforte, verneigte sich tief, bekreuzigte sich weit ausholend. Der Geistliche kam mit einer Kerze heraus, schwenkte das Weihrauchfaß über Jeropkin, murmelte: »Gott, Herr meines Lebens, vergib mir Sünder …« Ihm folgte der Älteste mit der leeren Schüssel. Der Betende erhob sich von den Knien, klopfte die Schöße seines Pelzmantels ab und legte dem Ältesten drei Hunderter hin, so hatte er es eingeführt für den ersten Tag der Großen Fasten.

Der freigebige Mann trat hinaus auf den Vorplatz, wo die Bettler ihn schon erwarteten. Sie streckten die Hände aus, blökten, drängten. Aber Kusma wippte nur kurz mit der Peitsche, da hörte das Gedrängel auf. Die Armen traten in zwei Reihen an wie Soldaten zur Parade. Überall graue Lumpen, nur links blinkte etwas Weißes.

Jeropkin kniff die verquollenen Äuglein ein und sah inmitten der Bettler einen schönen Knaben stehen. Große lasurblaue Augen. Feines reines Gesicht. Das goldblonde Haar war kurz geschnitten (oh, das hatte Geschrei gegeben, Mimi hatte sich nicht von ihren Locken trennen wollen). Bekleidet war der Wunderknabe nur mit einem schneeweißen Hemd, und doch war ihm nicht kalt (Kunststück, unterm Hemd trug er eine Weste aus erstklassiger Angorawolle, und Mimis zarte Brust war mit einem warmen Flanelltuch umwickelt). Die Hose aus Baumwollsamt, die Schuhe aus Lindenbast, die Fußlappen hell und sauber.

Während Jeropkin seine Kopeken verteilte, blickte er immer wieder hin zu dem sonderbaren Bettler, und als er vor ihm stand, gab er ihm nicht eine Münze, sondern zwei.

»Da hast du, bete für mich.«

Der Goldblonde nahm das Geld nicht. Er hob die klaren Augen gen Himmel und sprach mit klangvoller Stimme: »Du gibst wenig, Gottesknecht. Mit Kleingeld willst du die Wohltätige Gottesmutter gnädig stimmen.« Er blickte Jeropkin direkt in die Augen, und dem ehrenwerten Manne wurde ganz unheimlich, so streng und starr war dieser Blick. »Ich sehe deine sündige Seele. Dein Herz hat einen blutigen Fleck, und in deinem Inneren ist Fäulnis. Reinigen mußt du dich, reinigen«, sang der junge Gottgefällige. »Sonst verfaulst du unter Gestank. Dein Bauch tut weh, Samson, der Nierenstein quält dich? Vom Schmutz kommt das, du mußt dich reinigen.«

Jeropkin erstarrte. Wie sollte er nicht! Seine Nieren waren tatsächlich nichts mehr wert, und auf der linken Brusthälfte hatte er ein großes weinrotes Muttermal. Die Informationen von Jegor Tischkin trafen zu.

»Wer bist du?« hauchte Seine Exzellenz furchtsam.

Der Knabe gab keine Antwort. Wieder hob er die blauen Augen gen Himmel, und seine Lippen bebten.

»Ein Gottesnarr ist er, du unser Ernährer«, wurde dem Jeropkin von beiden Seiten beflissen zugeraunt. »Er ist den ersten Tag hier, Väterchen. Keiner weiß, wo er herkommt. Er redet törichtes Zeug. Paissi heißt er. Leidet an der Fallsucht. Vorhin kam Schaum aus seinem Mund, der roch nach Paradies. Ein Gottesmann.«

»Na, da hast du einen Rubel, wenn du ein Gottesmann bist. Bete für die Vergebung meiner schweren Sünden.«

Jeropkin entnahm dem Geldbeutel einen Schein, aber der Gottesnarr griff wieder nicht zu. Er sagte mit leiser, gefühlvoller Stimme: »Gib nicht mir. Ich brauche nichts, mich ernährt Unsere Liebe Frau. Ihm gib.« Und er zeigte auf den alten Bettler, den der ganze Markt als den beinlosen Soska kannte. »Dein Knecht hat ihm gestern weh getan. Gib dem armen Mann, und ich will für dich zur Jungfrau beten.«

Soska rollte bereitwillig auf seinem Wägelchen herbei und streckte die knorrige, gewaltige Pranke aus. Jeropkin legte angewidert den Geldschein hinein.

»Die heilige Gottesmutter segne dich«, rief der Knabe mit schallender Stimme und streckte Jeropkin die schmale Hand entgegen. Und da geschah das Wunder, von dem noch lange in Moskau gesprochen wurde.

Von irgendwoher kam ein mächtiger Rabe geflogen und setzte sich auf die Schulter des Gottesnarren. Die Menge der Bettler ächzte auf. Und als sie sahen, daß der schwarze Vogel einen Goldring in der Kralle hielt, wurde es ganz still.

Jeropkin stand da, weder tot noch lebendig, die dicken Lippen bebten, die Augen quollen aus den Höhlen. Er wollte sich bekreuzigen, konnte aber die Hand nicht rühren.

Aus den Augen des Gottesnarren rannen Tränen.

»Du tust mir leid, Samson«, sagte er, nahm dem Raben den Ring aus der Kralle und reichte ihn Jeropkin. »Er ist dein. Die Gottesmutter nimmt deinen Rubel nicht an, darum macht sie dir ein Gegengeschenk. Und den Raben schickt sie, weil deine Seele schwarz ist.«

Der Gottesnarr wandte sich ab und ging still davon.

»Halt!« schrie Jeropkin und betrachtete verwirrt den funkelnden Ring. »He, du, warte! Kusma, setz ihn in den Schlitten! Wir nehmen ihn mit!«

Der schwarzbärtige Vierschrot lief dem Knaben nach und faßte ihn an der Schulter.

»Wir fahren zu mir, hörst du, wie heißt du gleich, Paissi!« rief Jeropkin. »Du kannst eine Weile bei mir wohnen, dich wärmen.«

»Ich darf nicht in einem steinernen Palast wohnen«, antwortete der Knabe streng. »Da wird die Seele blind. Aber du hör zu, Samson. Wenn morgen die Frühmesse gelesen wird, komm zur Iberischen Kapelle. Ich werde dort sein. Bring einen Beutel Goldrubel mit, und voll soll er sein. Ich will für dich wieder zur Gottesmutter beten.«

Er ging, und viele Blicke folgten ihm. Auf seiner Schulter saß der schwarze Rabe, pickte nach dem Hemd und krächzte heiser.

(Der Rabe hieß Balthasar und war dressiert. Momus hatte ihn tags zuvor auf dem Vogelmarkt gekauft. Das kluge Tier hatte den simplen Trick rasch gelernt: Mimi hatte Hirsekörner in die Schulternaht ihres Hemdes gestreut, Momus ließ Balthasar fliegen, und der flog zu dem weißen Hemd – erst auf fünf, dann auf fünfzehn, schließlich auf dreißig Schritte Entfernung.)

Er kam, der Blutsauger. Ganz brav kam er an. Und er brachte den Beutel mit, der war aus Leder, und Kusma trug ihn seinem Herrn hinterher.

In der Nacht hatten den wohltätigen Jeropkin, wie zu erwarten, Zweifel beschlichen. Er probierte das Ringlein der Gottesmutter mit dem Zahn, machte sogar die Säureprobe. Zweifeln Sie nicht, Euer Unehren, das Ringlein ist von erlesener alter Arbeit.

Der gottselige Paissi stand abseits der Kapelle friedlich da. Am Hals trug er eine Schale für Almosen. Wenn ihm einer Geld hineintat, ging er und schenkte es den Krüppeln. Rund um den Knaben, doch in respektvoller Entfernung, wartete eine Menge begierig auf Wunder. Nach dem gestrigen Ereignis hatte sich in Kirchen und auf Vorplätzen die Mär von dem Raben mit dem Goldring im Schnabel (so erzählte es die Fama) verbreitet.

Der heutige Tag war trüb und kalt, aber der Gottesnarr trug wieder das weiße Hemd, nur daß er einen Tuchlappen um den Hals gewickelt hatte. Den näher tretenden Jeropkin beachtete er nicht, grüßte auch nicht.

Was der Blutsauger zu Paissi sagte, konnte Momus von seiner Position aus natürlich nicht hören, aber es war wohl etwas Skeptisches. Mimis Aufgabe war, Jeropkin zu einer weniger belebten Stelle zu lotsen, denn Öffentlichkeit konnten sie jetzt nicht gebrauchen.

Nun drehte sich der Knabe um, winkte dem Dickwanst und ging quer über den Platz direkt auf Momus zu. Jeropkin folgte ihm nach einigem Zögern. Die Gaffer wollten ihnen hinterher, aber der schwarzbärtige Janitschar knallte ein paarmal mit der Peitsche, da blieben sie zurück.

»Nein, dem nicht, auf ihm ruht keine Gnade«, hörte Momus Mimi mit kristallklarer Stimme sagen; sie war kurz bei einem verkrüppelten Soldaten stehengeblieben.

Über einen krummgezogenen Buckligen sagte sie: »Dem auch nicht, seine Seele ist unrein.«

Aber vor Momus, der sich in einiger Entfernung von den anderen Bettlern aufgestellt hatte, blieb der Knabe stehen, bekreuzigte sich und verneigte sich tief. Dann gebot er Jeropkin: »Hier, der leidgeprüften Frau gib den Beutel. Ihr Mann ist gestorben, ihre kleinen Kinder schreien nach Brot. Gib ihn ihr. Solche wie sie dauern die Gottesmutter.«

Momus schrie in gellendem Falsett unter dem Weibertuch hervor, das er vom Kinn bis an die Nase gezogen hatte: »Was – gib ihr? Was soll er geben? Wes bist du, Kleiner? Woher weißt du von mir?«

»Wer bist du?« fragte Jeropkin und beugte sich zu der Witwe herab.

»Die Marfa Sjusina bin ich, Väterchen«, sang Momus mit süßer Stimme. »Eine arme Witwe. Mein Ernährer ist von hinnen gegangen. Sieben Kinder hab ich, eins kleiner als das andre. Schenk mir zehn Kopeken, daß ich ihnen Brot kaufe.«

Jeropkin schnaufte laut, guckte argwöhnisch.

»Gut, Kusma, gib ihn ihr. Und paß auf, daß Paissi nicht abflitzt.«

Der Schwarzbart hielt Momus den Beutel hin, der nicht besonders schwer war.

»Was ist das, Väterchen?« fragte die Witwe erschrocken.

»Nun, was weiter?« fragte Jeropkin den Gottseligen, ohne der Witwe zu antworten.

Der Knabe murmelte Unverständliches. Er plumpste auf die

Knie, schlug dreimal mit der Stirn auf das Pflaster. Dann legte er das Ohr an den Stein, als horchte er auf etwas, erhob sich.

»Unsere Liebe Frau sagt, du sollst morgen bei Tagesanbruch in den Neskutschny-Park kommen und unter der alten Eiche hinter der Steinlaube in der Erde graben, da, wo der Stamm mit Moos bewachsen ist. Dort wirst du, Knecht Gottes, die Antwort finden.« Der Gottesnarr fügte leise hinzu: »Komm hin, Samson. Ich werde auch dort sein.«

Jeropkin fuhr hoch.

»Das könnte dir so passen! Willst du mich für dumm verkaufen? Du kommst mit zu mir, mein Lieber. Halt ihn fest, Kusma. Schlafe ruhig mal im ›steinernen Palast‹, wirst nicht gleich eingehen. Aber wenn du mich angeführt hast, gib dir selber die Schuld. Dann reiß ich dir meine Goldstücke aus dem Hals.«

Momus kroch auf Knien langsam rückwärts, richtete sich dann auf und tauchte in das Gewirr der Gäßchen vom Ochotny Rjad.

Er schnürte den Beutel auf, griff hinein. Es waren nur dreißig goldene Imperiale. Der filzige Jeropkin hatte geknausert. Wenn schon, dafür würde Unsere Liebe Frau ihrem treuen Knecht gegenüber nicht geizig sein.

In aller Herrgottsfrühe, gut durchwärmt und mit einer Taschenflasche Kognak versehen, bezog Momus den beizeiten ausgespähten Schlupfwinkel in einem Gebüsch, von wo er einen guten Blick auf die alte Eiche hatte. Im Dämmerlicht schimmerten die weißen Säulen der schlanken Rotunde. Zu dieser Zeit war der Park menschenleer.

Der Beobachtungsposten war bestens ausgewählt und vorbereitet. Momus aß Brot mit kaltem Schweinebraten (zum Teufel mit der Fastenzeit) und trank aus dem Schraubdeckel von dem Schustow-Kognak. Und da kam auch schon Jeropkins Schlitten die Allee entlang.

Als erster stieg der stumme Kusma aus, spähte argwöhnisch nach allen Seiten (Momus duckte sich), umkreiste die Eiche, winkte. Jeropkin trat näher, hielt den gottseligen Paisssi fest an der Hand. Auf dem Kutschbock saßen zwei weitere Männer.

Der Knabe Paisssi ging zu der Eiche, verneigte sich tief vor ihr, zeigte auf die vereinbarte Stelle.

»Hier grabet.«

»Bringt die Spaten!« rief Jeropkin zum Schlitten.

Die beiden kräftigen Burschen traten herbei, spuckten in die Hände und hackten auf die gefrorene Erde ein. Sie gab überraschend leicht nach, und sehr bald tönte ein Klirren (Momus war zu faul gewesen, tiefer zu graben).

»Da ist was, Samson Charitonowitsch!«

»Was ist da?«

»Was aus Eisen.«

Jeropkin plumpste auf die Knie und scharrte mit den Händen die Erdklumpen auseinander.

Mühsam, ächzend zerrte er aus der Erde ein vom Alter grün angelaufenes Messinggefäß, eine Kasserolle, die aus der Zeit vor dem großen Brand stammen mochte (Momus hatte sie für einen halben Rubel bei einem Trödler erstanden). Jeropkin hielt sie ins Licht der Schlittenlaterne, und sie glänzte matt.

»Gold!« rief Jeropkin. »Viel Gold!«

Er schüttete schwere Münzen in die Hand, hielt sie dicht vor die Augen.

»Das sind nicht meine Goldstücke! Kusma, reiß ein Zündholz an!«

Dann las er laut: »›An-na Kai-se-rin Selbst-herrr-sche-rin …‹ Ein alter Schatz! Das sind mindestens tausend Goldstücke!«

Momus hatte noch Verzwickteres beschaffen wollen, Münzen mit hebräischen Buchstaben oder arabischen Schriftzeichen, aber das wäre gar zu teuer gekommen. So hatte er goldene Dublonen aus der Zeit der Kaiserin Anna und Halbimperiale aus Katharinas Zeit gekauft, zwanzig Rubel das Stück. Ob volle tausend oder nicht, jedenfalls sehr viele, zum Glück gab's in den Altwarenbuden des Sucharewka-Markts genug davon. Jeropkin würde die Münzen später zählen, bestimmt sogar, und er würde auf eine keineswegs zufällige Zahl kommen, die von Bedeutung war.

»Schlecht steht's um deine Dinge, Samson«, sagte aufschluchzend der Knabe. »Sie vergibt dir nicht, Unsere Liebe Frau, sie kauft sich los.«

»Hä?« fragte Jeropkin, den der Glanz ganz benommen machte.

Viele Goldmünzen auf einem Haufen sind eine feine Sache. In Papiergeld ist die Summe nicht gerade astronomisch, aber in Goldmünzen kann sie einen habgierigen Menschen um den Verstand bringen. Diese merkwürdige Eigenschaft des Goldes hatte sich Momus mehr als einmal zunutze gemacht. Jetzt kam es darauf an, Jeropkin keine Atempause zu geben. Dem Gierschlund sollte sich der Kopf drehen, das Gehirn versagen. Los, Mimi, dein Auftritt!

»Entweder hast du wieder zuwenig gespendet, oder du findest überhaupt keine Vergebung«, sprach der Gottesnarr kläglich. »Bei lebendigem Leibe wirst du verfaulen, du arme Waise!«

»Was, keine Vergebung?« fragte Jeropkin beunruhigt, und Momus in seinem Gebüsch konnte sogar aus zehn Meter Abstand sehen, daß Tropfen auf seiner Stirn glänzten. »Wenn's zuwenig ist, geb ich mehr. Ich hab massenhaft Geld. Sag, wieviel ich geben soll.«

Paissi antwortete nicht, er wiegte sich hin und her.

»Ich sehe. Sehe eine dunkle Kammer. Ikonen an den Wänden, ein ewiges Lämpchen brennt. Ich sehe ein Federbett mit Daunen, viele Kissen mit Schwanenflaum. Unterm Bett ist es dunkel, stockdunkel. Dort ist das goldene Kalb … Ein Bastsack, vollgestopft mit Geldscheinen. Von dem kommt alles Übel.«

Der stumme Kusma und die Spatenmänner rückten näher, ihre Gesichter waren wie verblödet. Jeropkins glattrasiertes Kinn zitterte.

»Unsere Liebe Frau will dein Geld nicht«, sang der Knabe mit seltsamer, aufschluchzender Stimme (angereichert mit Modulationen aus der »Bajadere«, dachte Momus). »Sie will, die Fürsprecherin, daß du dich reinigst. Daß auch dein Geld rein wird, Samson. Es ist schmutzig, darum meidet dich das Glück. Ein Gerechter muß es segnen, muß mit seiner sündenfreien Hand den Segen erteilen, dann wird es rein. Ein

Gerechter, ein heiliger Mann, der auf einem Aug nicht sehen kann, einen Arm, ein Bein nicht heben kann.«

»Wo krieg ich solch einen her?« fragte Jeropkin kläglich und schüttelte Paissi bei den mageren Schultern. »Wo find ich solch einen?«

Paissi neigte den Kopf, horchte auf etwas und sagte leise: »Eine Stimme kommt ... aus der Erde ... zu dir ... Hör auf sie.«

Und dann leistete sich Mimi ein tolles Stück – sang plötzlich mit ihrem normalen Sopran ein französisches Chanson aus der Operette »Das Geheimnis der Joujou«. Momus faßte sich an den Kopf: Sie läßt sich vom Spiel hinreißen, die Teufelin, und verdirbt alles!

»Mit Engelszungen singt er!« flüsterte einer der Männer und schlug ein kleines Kreuz. »Und in einer überirdischen Sprache, wie die Engel!«

»Französisch ist das, du Trottel«, krächzte Jeropkin. »Ich habe gehört, es kommt vor, daß ein Gottesnarr in fremden Sprachen singt, die er nicht kennt.« Und er bekreuzigte sich auch.

Paissi schlug plötzlich längelang zu Boden und verfiel in konvulsivische Zuckungen, und aus seinem Mund quoll reichlich blasiger Schaum.

»He!« Jeropkin beugte sich erschrocken über ihn. »Warte mit deinem Anfall! Was für eine Stimme? Und was heißt das, der Heilige soll mein Geld reinigen? Ist das Geld dann weg? Oder kommt es mit Zuschlag zurück?«

Aber Paissi krümmte sich und schlug mit den Füßen auf die kalte Erde.

»Die Stimme!« schrie er. »Aus der Erde, die Stimme!«

Jeropkin drehte sich nach seinen Knechten um und sagte erschüttert: »Er riecht wirklich nach Paradies!«

Und ob, dachte Momus auflachend. Die Seife, anderthalb Rubel das Stück, kommt ja auch aus Paris und heißt »L'arome du paradis.«

Aber die Pause durfte nicht überdehnt werden, er mußte die vorbereitete Attraktion starten. Schließlich wollte er nicht umsonst gestern abend eine geschlagene Stunde lang den Gartenschlauch mit Erde und dürrem Laub getarnt haben. Das eine Ende mit Trichter hielt er jetzt in der Hand, das andere, mit einem größeren Trichter, lag zwischen den Wurzeln der Eiche, war mit einem kleinen Netz verschlossen und mit Moos bedeckt. Das System war erprobt und funktionierte, Momus mußte nur gehörig Luft holen.

Er gab sich große Mühe – pumpte sich voll Luft, hielt den Trichter an den Mund und röhrte: »Um Mitternacht ... Komm ... In die Warssonofi-Kapelle ...«

Es geriet überzeugend und wirkungsvoll, sogar zu wirkungsvoll. Darum passierte ein Mißgeschick. Als aus der Erde heraus die dumpfe Grabesstimme scholl, kreischte Jeropkin auf und machte einen Hüpfer, auch seine Gesellen prallten zurück, und dadurch war das Wichtigste nicht zu hören – wohin das Geld zu bringen sei.

»Bei dem Nowopimen-Kloster«, brüllte Momus, um verstanden zu werden, aber der harthörige Jeropkin verstand es wieder nicht.

»Hä? Welches Kloster?« fragte er furchtsam die Erde,

äugte in die Runde, steckte die Nase sogar in die Baumhöhlung.

Was tun? Die höhere Macht würde es dem Stumpfohr nicht ein dutzendmal wiederholen. Das sähe ja nach einer Komödie aus. Momus war in Nöten.

Mimi half ihm aus der Verlegenheit. Sie stand auf und lispelte: »Warssonofi-Kapelle, bei dem Nowopimen-Kloster. Dort lebt ein heiliger Einsiedler. Ihm bringst du den Sack. Heute um Mitternacht.«

Auf die Warssonofi-Kapelle war man in Moskau nicht gut zu sprechen. Vor sieben Jahren hatte in das Kirchlein der Blitz eingeschlagen, hatte das heilige Kreuz umgeworfen und die Glocke gespalten. Was also war das für ein Gotteshaus, wenn der Blitz es zerstören konnte?

Die Kapelle wurde zugenagelt, und die Klosterbrüder, Pilger und Städter machten einen großen Bogen um sie. Nächtlicherweile drang durch ihre dicken Mauern unheimliches, unmenschliches Stöhnen und Schreien. Vielleicht trieben sich dort Katzen herum, und das Echo der steinernen Gewölbe verstärkte ihr Gekreisch, oder es geschah dort Böses. Der Vater Abt hatte ein Gebet gesprochen und Weihwasser versprengt, aber das half nicht, es wurde nur noch schlimmer.

Momus hatte dieses feine Plätzchen schon vor Weihnachten ausgekundschaftet und sich gedacht, es könnte ihm mal zupaß kommen. Und jetzt paßte es bestens in seine Pläne.

Er dachte sich eine Dekoration aus, bereitete szenische

Effekte vor. Die »Grande Opération« ging ins Finale und versprach, umwerfend zu werden.

»Der Pikbube hat sich selbst übertroffen!« würden morgen alle Zeitungen schreiben, wenn es in Rußland wirkliche Freiheit des Wortes gäbe.

Als das Klosterglöckchen dumpf die Mitternacht schlug, schurrten vor der Tür der Kapelle vorsichtige Schritte.

Momus stellte sich vor, wie Jeropkin sich bekreuzigt und unschlüssig die Hand nach der vernagelten Tür ausstreckt. Die Nägel waren entfernt, er brauchte nur zu ziehen, und die Tür würde mit herzzerreißendem Knarren aufgehen.

Jetzt ging sie auf, aber herein schaute nicht Samson Jeropkin, sondern der stumme Kusma. Der feige Blutsauger hatte seinen ergebenen Sklaven vorgeschickt.

Der Schwarzbart sperrte den Mund auf, und die aufgerollte Peitsche fiel wie eine krepierte Schlange von seiner Schulter.

Nun, er hatte Anlaß, den Mund aufzusperren.

In der Mitte des viereckigen Raums stand ein grobgezimmerter Brettertisch. An seinen vier Ecken brannten mit leicht zuckender Flamme vier Kerzen. Auf einem Stuhl saß, über ein altertümliches Buch mit dickem Ledereinband gebeugt (»TRAVELS INTO SEVERAL REMOTE NATIONS OF THE WORLD. By Lemuel Gulliver, First a Surgeon, and then a Captain of Several Ships«*, Bristol 1726, erworben bei einem Bukinisten, weil es dick war und solide

* (engl.): Reisen in verschiedene ferne Länder der Erde. Von Lemuel Gulliver, zuerst Wundarzt, später Kapitän verschiedener Schiffe.

aussah), saß ein ehrwürdiger Greis in einer weißen Chlamys. Er hatte einen langen grauen Bart und seidenweiche weiße Haare, und um seine Stirn war ein Strick geschlungen. Ein Auge war von einer schwarzen Binde verdeckt, und der linke Arm ruhte in einer Schlinge. Der Eremit schien den Eintretenden nicht wahrzunehmen.

Kusma drehte sich um und stieß einen unartikulierten Laut aus, da zeigte sich hinter seiner breiten Schulter die blasse Physiognomie Jeropkins.

Der heilige Einsiedler sagte, ohne den Blick zu heben, mit sonorer Stimme: »Komm hierher, Samson. Ich habe dich erwartet. In dem geheimen Buch steht über dich geschrieben.« Er zeigte mit dem Finger auf eine Gravüre, die Gulliver im Kreise der Houyhnhnms darstellte.

Vorsichtig auftretend, kam die ganze ehrenwerte Gesellschaft in die Kapelle: Samson Jeropkin, der den Knaben fest bei der Hand hielt, Kusma und die beiden Knechte, die den vollgestopften Bastsack schleppten.

Der ehrwürdige Greis durchbohrte Jeropkin mit einem dräuenden Blick seines einzigen Auges und hob die Rechte. Dieser Geste gehorchend, ging eine der Kerzen zischend aus. Der Blutsauger stöhnte und ließ die Hand des Knaben los – was auch notwendig war.

Der Trick mit der Kerze war einfach, aber beeindruckend. Momus selbst hatte ihn erfunden, für den Fall, daß er beim Kartenspiel Schwierigkeiten bekam: Die Kerze sieht ganz gewöhnlich aus, aber der Docht bewegt sich frei im Wachs. Es ist ein ungewöhnlicher Docht, lang und unten durch eine Ritze der Tischplatte gezogen. Wenn die linke Hand unbemerkt unterm Tisch zupft, erlischt die Kerze (in Momus' Schlinge hing natürlich eine Armattrappe).

»Ich weiß, ich weiß, wer und was du bist«, sagte der Einsiedler mit ungutem Auflachen. »Gib her deinen Sack voller Blut und Tränen, leg ihn hin ... Doch nicht auf den Tisch, nicht auf das Zauberbuch!« schnauzte er die beiden Knechte an. »Unter den Tisch, damit ich meinen lahmen Fuß darauf stütze.«

Sacht stieß er den Sack an – das Satansding war schwer. Wahrscheinlich alles Rubelchen und Dreier. Mindestens ein halber Zentner. Macht nichts, die eigene Last drückt nicht.

Abergläubisch war Jeropkin zwar und von schlichtem Verstand, aber für nichts und wieder nichts würde er den Sack nicht hergeben. Da genügten bloße Wunder nicht. Da mußte Psychologie her: Druck, Tempo, unerwartete Wendungen. Nicht zur Besinnung, zum Nachdenken kommen lassen! Hü, schneller!

Der ehrwürdige Greis drohte Jeropkin mit dem Finger, und schon ging die zweite Kerze aus.

Jeropkin bekreuzigte sich.

»Daß du dich hier ja nicht bekreuzigst!« fuhr Momus ihn mit schrecklicher Stimme an. »Die Hände werden dir verdorren! Oder weißt du nicht, bei wem du hier bist, du Tölpel?«

»Ich ... ich weiß es, Vater«, krächzte Jeropkin. »Beim heiligen Einsiedler.«

Momus warf den Kopf nach hinten und lachte unheildrohend – haargenau wie Giuseppe Bardini in der Rolle des Mephistopheles.

»Dumm bist du, Samson Jeropkin. Hast du die Münzen des Schatzes gezählt?«

»Ja.«

»Wie viele sind es?«

»Sechshundertsechsundsechzig.«

»Und von wo hast du die Stimme gehört?«

»Aus der Erde.«

»Und wer spricht aus der Erde, weißt du das nicht?«

Jeropkin war so entsetzt, daß ihm die Knie einknickten. Er wollte sich bekreuzigen, fürchtete sich aber, verbarg geschwind die Hand hinterm Rücken und drehte sich nach seinen Leuten um, ob die sich bekreuzigten. Sie taten es nicht, sie zitterten.

»Ich brauche dich, Samson.« Momus schlug einen vertraulichen Ton an und zog mit dem Fuß den Sack näher zu sich heran. »Du wirst mein, wirst mir dienen.«

Er ließ die Finger knacken – die dritte Kerze erlosch, und die Finsternis unter den düsteren Gewölben verdichtete sich.

Jeropkin wich zurück.

»Wohin? Ich verwandle dich in einen Stein!« brüllte Momus und verfiel sogleich wieder, des Kontrasts halber, in einen schmeichelnden Ton. »Hab keine Angst vor mir, Samson. Ich brauche Leute wie dich. Willst du unermeßliches Geld, gegen das dein schäbiger Sack eine Handvoll Staub ist?« Verächtlich stieß er den Sack mit dem Fuß an. »Dein Sack bleibt dir ja, mußt nicht so zittern. Soll ich dir hundert solche Säcke geben? Oder genügt dir das nicht? Willst du mehr? Willst du Macht über die Menschen?«

Jeropkin schluckte, sagte aber nichts.

»Sprich mir den Großen Schwur nach, und du bist mein immerdar! Willst du?«

Das letzte Wort hatte er so laut gebellt, daß es in dem alten Gemäuer gehörig widerhallte. Jeropkin duckte sich und nickte.

»Du, Asael, stellst dich zu meiner Linken«, befahl der Greis dem Knaben, und der huschte hinter den Tisch und baute sich neben ihm auf.

»Sobald die vierte Kerze erlischt, sprecht mir Wort für Wort nach«, gebot der geheimnisvolle Greis. »Und seht nicht zu mir, sondern nach oben!«

Er überzeugte sich, daß die vier künftigen Diener des Teufels gehorsam den Kopf zurückgelegt hatten, und löschte die letzte Kerze, dann kniff er die Augen zu und stieß Mimi in die Seite: sieh nicht hin!

Noch einmal dröhnte es aus der Dunkelheit: »Nach oben! Nach oben!«

Mit einer Hand zog er den Sack zu sich heran, mit der anderen schickte er sich an, den Knopf zu drücken.

Ganz oben, wohin das Licht der Kerzen nicht gereicht hatte, als sie noch brannten, hatte Momus ein Magnesium-Blitzlicht installiert, die neueste deutsche Erfindung für das Photographieren. Wenn das in der pechschwarzen Finsternis unerträglich grell aufflammte, würden Jeropkin und seine Halsabschneider für fünf Minuten erblinden. Derweil würde das fröhliche Trio – Momus, Mimi und der Sack – durch die beizeiten geölte Hintertür entschlüpfen.

Vor dieser Tür wartete ein kleiner Schlitten, und das muntere Pferdchen war gewiß schon ungeduldig. Wenn der Schlitten erst mal losgesaust war, dann suche ihn nur, Samson, wie die Stecknadel im Heu.

Die Operation war ein wirkliches Kunstwerk.

Los!

Momus drückte den Kopf. Etwas zischte, aber der flammende Blitz blieb aus.

Ausgerechnet jetzt eine Panne! Das also war der gepriesene technische Fortschritt! Bei der Generalprobe hatte es ideal geklappt, und bei der Premiere lief es schief!

Mit einem stillen Fluch nahm Momus den Sack auf und zupfte Mimi am Ärmel. Möglichst lautlos wichen sie zum Ausgang.

Und da erwachte das verdammte Blitzlicht: Es zischte, ein dunkles Flämmchen zuckte, eine weiße Qualmwolke breitete sich aus, und das Innere der Kapelle wurde von schwachem Flackerlicht erhellt. Deutlich waren die vier erstarrten Gestalten auf der einen und die zwei schleichenden Gestalten auf der anderen Seite des Tischs zu erkennen.

»Halt! Wohin?« kreischte Jeropkin. »Her mit dem Sack! Schnappt sie euch, Jungs, das sind Freimaurer! Diese Lumpen!«

Momus stürzte zur Tür, zum Glück erlosch das Licht, doch da pfiff es in der Luft, und eine straffe Schlinge schnürte ihm die Kehle zu. Der verdammte Kusma mit seiner widerlichen Peitsche! Momus ließ den Sack los, griff sich an den Hals, röchelte.

»Momtschik, was ist?« Die nichtsahnende Mimi zerrte an ihm. »Komm doch!«

Aber zu spät, derbe Hände aus der Dunkelheit packten ihn am Kragen, warfen ihn zu Boden. Vor Entsetzen und Luftmangel verlor Momus das Bewußtsein.

Als das Bewußtsein zurückkehrte, sah er als erstes purpurrote Schatten über die verräucherten Deckenfresken huschen. Auf dem Fußboden brannte flackernd eine Laterne, die wohl aus dem Schlitten geholt worden war.

Momus begriff, daß er auf dem Boden lag und seine Hände auf dem Rücken zusammengebunden waren. Er drehte den Kopf hin und her, um die Situation zu klären. Sie war so scheußlich, daß es scheußlicher nicht ging.

Mimi hockte zusammengekrümmt am Boden, und über ihr ragte wie ein Berg das stumme Ungeheuer Kusma und streichelte liebevoll seine Peitsche. Bei deren Anblick zuckte Momus zusammen. Die Schürfwunde am Hals brannte schmerzhaft.

Jeropkin saß auf einem Stuhl, puterrot, schweißüberströmt. Seine Exzellenz mochten tüchtig getobt haben, während Momus in seligem Vergessen lag. Die beiden Knechte standen auf Zehenspitzen auf dem Tisch und montierten dort etwas. Momus blickte genauer hin und sah zwei Seile herabhängen, und diese Vorrichtung mißfiel ihm außerordentlich.

»So, meine Täubchen«, sagte Jeropkin herzlich, als er sah, daß Momus aufgewacht war. »Ihr wolltet also Jeropkin ausplündern? Schlau seid ihr Bestien, schlau. Aber Jeropkin ist noch schlauer. Ihr wolltet mich also in ganz Moskau zum Gespött machen, dem Gelächter preisgeben? Sosoo«, sagte er gedehnt. »Gleich bringe ich euch zum Lachen. Wer gegen Jeropkin die Zähne fletscht, den erwartet ein schreckliches Schicksal. Damit andern die Lust vergeht.«

»Was ist denn das für ein Melodram, Euer Exzellenz«, fauchte Momus beherzt zurück. »Das paßt doch gar nicht zu Ihnen. Sie als ... Wirklicher Staatsrat, eine Säule der Strenggläubigkeit. Wozu gibt es Gerichte und die Polizei? Sollen die doch ein Urteil fällen, warum wollen Sie sich die Hände schmutzig machen? Außerdem haben Sie, Verehrtester, überhaupt keinen Verlust. Den wertvollen Goldring haben Sie doch bekommen, oder? Und den Schatz. Sie können ihn behalten, sozusagen als Ausgleich für die Kränkung.«

»Ich geb dir gleich einen Ausgleich.« Jeropkin lächelte nur mit den Lippen. In seinen Augen glomm ein kaltes, erschreckendes Feuer. »Na, fertig?« herrschte er die Knechte an.

Sie sprangen herunter.

»Fertig, Samson Charitonowitsch.«

»Also los, aufhängen.«

»Was heißt denn aufhängen?« rief Momus empört, doch da hoben sie ihn schon mit den Beinen voran vom Fußboden auf. »Das übersteigt doch ... Wache! Hilfe! Polizei!«

»Schrei nur!« sagte Jeropkin. »Wenn hier mitten in der Nacht jemand vorbeikommt, bekreuzigt er sich und rennt Hals über Kopf davon.«

Plötzlich kreischte Mimi gellend: »Feuer! Wir brennen! Helft, gute Leute! Feuer!«

Sie hatte sich ganz richtig gedacht, daß ein Passant bei solchem Geschrei nicht erschrecken, sondern zu Hilfe kommen oder ins Kloster eilen würde, damit sie dort Alarm läuteten.

Momus fiel ein: »Feuer! Wir brennen! Feuer!«

Aber sie konnten nicht lange schreien. Der Schwarzbart schlug Mimi mit seiner Riesenfaust sacht auf den Kopf, da sank das Schwälbchen zusammen und fiel mit dem Gesicht auf den Boden. Und um Momus' Hals schlang sich wieder wie eine sengende Schlange die Peitsche, so daß aus dem Geheul ein Krächzen wurde.

Die Folterknechte zerrten den Gefesselten auf den Tisch. Seine Fußknöchel wurden an je ein Seil geknotet und hochgezogen, und bald baumelte Momus kopfunter über den gehobelten Brettern, anzusehen wie der Buchstabe Y. Der graue Bart hing herab und kitzelte ihm das Gesicht, die Chlamys war heruntergerutscht und gab die Beine frei, die in einer engen Husarenhose und Stiefeln mit Sporen steckten. Momus hatte draußen den Bart abreißen, das Gewand wegwerfen und sich in einen zackigen Husaren verwandeln wollen – in dem sollte mal einer den »Einsiedler« wiedererkennen.

Jetzt in dem kleinen Schlitten sitzen, auf der einen Seite Mimi, auf der anderen der Geldsack, statt dessen baumelte er, zugrunde gerichtet von der niederträchtigen deutschen Erfindung, an den Seilen, das Gesicht der nahen, doch unerreichbaren kleinen Tür zugewandt, die in die verschneite Nacht führte, zum rettenden Schlitten, ins Glück, ins Leben.

Hinter ihm tönte die Stimme Jeropkins: »Sag mal, Kusma, mit wieviel Schlägen kannst du ihn in zwei Hälften spalten?«

Momus drehte sich an den Seilen um, denn die Antwort auf diese Frage interessierte ihn auch. Er sah den Stummen vier Finger hochhalten und nach kurzem Überlegen den fünften hinzufügen.

»Na, nur fünf Schläge, das muß ja nicht sein«, bemerkte Jeropkin. »Wir haben keine Eile. Gehen wir's sachte an, schrittchenweise.«

»Recht so, Euer Exzellenz«, sagte Momus hastig. »Ich habe meine Lektion gelernt und bin sehr verängstigt, Ehrenwort. Ich habe einige Ersparnisse, neunundzwanzigtausend Rubel, die will ich gern als Strafe bezahlen. Sie sind doch Geschäftsmann. Wozu die Emotionen?«

»Und den Kleinen nehme ich mir hinterher vor«, sprach Jeropkin nachdenklich und mit sichtlichem Vergnügen zu sich selbst.

Momus zuckte zusammen, denn er begriff, daß Mimis Los entsetzlicher sein würde als sein eigenes.

»Vierundsiebzigtausend!« schrie er, denn soviel waren ihm von den vorhergehenden Moskauer Operationen geblieben. »Und der Junge kann nichts dafür, er ist noch so klein!«

»Na los, zeig, was du kannst!« gebot der Blutsauger.

Die Peitsche pfiff wie ein Räuber. Momus heulte fürchterlich, denn zwischen seinen auseinandergezogenen Beinen war krachend etwas geplatzt. Aber er spürte keinen Schmerz.

»Schön hast du ihm die Hose gespalten«, lobte Jeropkin. »Und jetzt ein bißchen tiefer. So zwei Zentimeter. Dann wird er aufjaulen. Und dann im gleichen Abstand weiter, bis zwei Hälften an den Seilen baumeln.«

Momus spürte Kälte an seinem verletzlichsten, intimsten Teil und begriff, daß Kusmas erster virtuoser Schlag die Naht seiner Reithose aufgetrennt hatte, ohne den Körper zu berühren.

Lieber Gott, flehte der Mann, der einmal Mitja Sawwin geheißen und noch nie gebetet hatte, wenn es dich gibt, schick einen Erzengel oder wenigstens einen Unterengel! Hilf mir, Gott. Ich schwöre, künftig nur noch solche abgefeimten Halunken auszunehmen wie diesen Jeropkin. Großes Ehrenwort, lieber Gott!

Da ging die Tür auf. In der Öffnung sah Momus zunächst nur das schräge Gestrichel nassen Schneegestöbers. Dann aber wich die Nacht zurück und wurde zum Hintergrund einer schlanken Silhouette in einem langen taillierten Pelzmantel, mit hohem Zylinder und Rohrstöckchen.

Nach dem Gesetz oder der Gerechtigkeit?

Obwohl Anissi sein Gesicht mit Seife und Bimsstein und sogar mit Sand gescheuert hatte, war die dunkle Farbe noch immer nicht ganz weg. Bei Fandorin auch nicht, aber dem stand es sogar und wirkte wie Sonnenbräune. Anissi hingegen behielt von der Walnußfarbe nur einzelne Inselchen im Gesicht und erinnerte nun an eine afrikanische Giraffe – gescheckt, dünnhalsig, aber kleinwüchsig. Dafür waren – jedes Übel hat auch sein Gutes – seine Pickel verschwunden, als hätte es sie nie gegeben. Nun, und die Haut würde in zwei bis drei Wochen auch wieder hell werden, das hatte ihm der Chef versprochen. Und die geschorenen Haare würden auch wieder wachsen.

Am Morgen nach der Nacht, in der sie den Pikbuben und seine Spießgesellin (an die sich Anissi nur seufzend und mit einem wohligen Ziehen in verschiedenen Teilen seiner Seele und seines Körpers erinnerte) auf frischer Tat ertappt hatten und dann entwischen ließen, kam es zwischen Fandorin und Anissi zu einem kurzen, doch wichtigen Gespräch.

»Tja, Tulpow«, sagte Fandorin seufzend, »wir beide haben uns nicht mit Ruhm bekleckert, aber die Moskauer G-Gastspiele des Pikbuben dürften damit beendet sein. Was gedenken Sie jetzt zu tun? Möchten Sie zurück in die Verwaltung?«

Anissi gab keine Antwort, er wurde nur totenblaß, was freilich unter der Bräune kaum zu sehen war. Die Vorstellung, nach den spannenden Abenteuern der letzten zwei Wochen zum jämmerlichen Botendienst zurückkehren zu müssen, war ihm unerträglich.

»Ich werde Sie selbstverständlich an höchster Stelle auf das schmeichelhafteste empfehlen. Schließlich können Sie nichts dafür, daß ich so v-versagt habe. Ich werde vorschlagen, Sie in die Ermittlungs- oder die Operationsabteilung zu versetzen, was Ihnen lieber ist. Aber ich habe Ihnen, Tulpow, noch etwas anderes anzubieten.«

Der Chef machte eine Pause, und Anissi beugte sich vor, einerseits aufgewühlt von der glänzenden Aussicht einer triumphalen Rückkehr in die Gendarmerieverwaltung, andererseits ahnend, daß er gleich etwas noch Schwindelerregenderes hören würde.

»Wenn Sie nichts dagegen haben, ständig mit mir z-zusammenzuarbeiten, könnte ich Ihnen den Posten meines Assistenten anbieten. Ein festangestellter Assistent steht mir in meiner Stellung zu, aber von diesem Recht habe ich bislang keinen Gebrauch gemacht, sondern es vorgezogen, allein fertig zu werden. Mit Ihnen aber könnte ich wohl auskommen. Ihnen fehlt es an Menschenkenntnis, Sie neigen sehr zu Reflexionen und haben zu wenig Vertrauen in Ihre Kräfte. Aber gerade diese Eigenschaften können in unserem Gewerbe sehr nützlich sein, wenn sie in die nötige Richtung g-gelenkt werden. Fehlende Menschenkenntnis schützt vor stereotypen Einschätzungen, und im übrigen ist dieser Mangel korrigierbar. Vor einem Entschluß zu zögern ist auch nützlich. Erst wenn der Entschluß gefaßt ist, darf nicht mehr gezögert werden. Zu geringes Vertrauen in die eigenen Kräfte wiederum bewahrt vor Leichtsinn und Nachlässigkeit und kann sich zu wohltuender U-Umsicht entwickeln. Ihr größter Vorzug, Tulpow, besteht darin, daß die Furcht, in eine schmähliche Lage zu geraten, bei Ihnen stärker ist als die physische Furcht, also werden Sie in jeder Situation danach trachten, sich w-würdig zu benehmen. Das gefällt mir. Und Ihre Auffassungsgabe ist gar nicht schlecht für Ihre fünf Klassen Realschule. Was sagen Sie dazu?«

Anissi schwieg, die Redegabe war ihm abhanden gekommen, und er hatte Angst, sich zu rühren – womöglich zerginge dann der schöne Traum, und er riebe sich die Augen, sähe sein armseliges Zimmerchen, hörte Sonja wimmern, vor dem Fenster fiele nasser Schnee, und er hätte es eilig, zur Arbeit zu laufen, um als Bote Papiere auszutragen.

Hofrat Fandorin, als hätte er sich plötzlich besonnen, sagte schuldbewußt: »Ach ja, ich habe noch gar nicht die Konditionen genannt, bitte entschuldigen Sie. Als erstes erhalten Sie den Rang eines Kollegienregistrators. Ihr Posten wird einen langen Namen haben: ›Persönlicher Assistent des Beamten für Sonderaufträge beim Moskauer Generalgouverneur.‹ Gehalt: fünfzig Rubel monatlich und noch irgendwelche Quartalszuwendungen, ich e-erinnere mich nicht genau. Sie bekommen Umzugsgeld und eine Dienstwohnung, denn ich muß Sie in meiner Nähe haben. Der U-Umzug kommt Ihnen vielleicht ungelegen, aber ich verspreche Ihnen, Ihre Wohnung wird bequem sein und sich für Ihre familiären Umstände bestens eignen.«

Das bezieht sich auf Sonja, dachte Anissi, und er hatte recht.

»Da ich … hm … zum Junggesellenleben zurückkehre«, der Chef machte eine unbestimmte Geste, »habe ich Masa angewiesen, Dienerschaft zu besorgen – eine K-Köchin und ein Stubenmädchen. Da Sie in der Nachbarschaft wohnen werden, können die beiden auch Ihnen behilflich sein.«

Bloß nicht heulen, dachte Anissi in Panik, dann müßte ich im Erdboden versinken.

Fandorin breitete die Arme aus.

»Womit könnte ich Sie sonst noch locken? Wollen Sie …«

»Nein, Euer Hochwohlgeboren!« rief, sich besinnend, Anissi. »Ich will nichts weiter! Es ist auch so schon mehr als genug! Ich habe ja nicht geschwiegen, um …« Er stockte, wußte nicht weiter.

»Ausgezeichnet.« Fandorin nickte. »Also sind wir uns einig. Und nun Ihre erste Aufgabe: Für alle Fälle – denn wer sich selbst schützt, den schützt Gott – verfolgen Sie noch ein-zwei Wochen die Zeitungen. Außerdem werde ich veranlassen, daß Ihnen täglich der ›Polizeibericht über die Vorkommnisse in der Stadt‹ zur Durchsicht zugeschickt wird. Achten Sie auf alles Auffällige, Ungewöhnliche, Verdächtige und melden Sie es mir. Womöglich ist dieser Momus noch dreister, als wir es uns v-vorstellen?«

Zwei Tage nach diesem historischen Gespräch, das eine entscheidende Wende in Anissis Leben einleitete, saß dieser im häuslichen Arbeitszimmer seines Chefs am Schreibtisch, sah seine Randbemerkungen in den Zeitungen und im Polizeibericht durch und bereitete sich auf seinen Vortrag vor. Es war schon die zwölfte Stunde, aber Fandorin war noch nicht aus seinem Schlafzimmer aufgetaucht. In letzter Zeit war er irgendwie schwermütig und ungesellig und zeigte wenig Interesse für Anissis Funde. Schweigend hörte er zu, winkte ab, sagte: »Sie können gehen, Tulpow. Für heute b-brauche ich Sie nicht mehr.«

Jetzt schaute Masa bei Anissi herein, um zu tuscheln.

»Gans sslecht«, sagte er. »Nachs nich sslafen, am Tag nich essen, auch kein Zazen und kein Rensju machen.«

»Was macht er nicht?« fragte Anissi ebenfalls flüsternd.

»Rensju, das ...« Der Japaner machte mit den Händen schnelle, zuschlagende Bewegungen und schleuderte das Bein mit einem Schwung höher als die Schulter.

»Ah, japanische Gymnastik«, erriet Anissi, der sich entsann, daß der Hofrat und sein Kammerdiener früher am Vormittag, während er im Arbeitszimmer die Zeitungen las, in den Salon gegangen waren, Tische und Stühle verrückt, lange getrampelt und gepoltert und immer wieder spitze Schreie ausgestoßen hatten.

»Und Zazen, das so«, erklärte Masa weiter, plumpste auf den Fußboden, zog die Füße unter den Körper und starrte mit leerem Blick auf ein Stuhlbein. »Verstehn, Tuli-san?«

Als Anissi verneinend den Kopf schüttelte, erklärte der Japaner nichts weiter, sagte nur besorgt: »Muß Weib haben. Mit Weib sslecht, ohne Weib noch sslechter. In gutes Bolldell gehn, mit Madame reden.«

Anissi hatte auch schon gedacht, daß Fandorins Melancholie mit dem Verschwinden der Gräfin Addy zusammenhing, aber von einer so radikalen Maßnahme wie der Zuhilfenahme einer Puffmutter sollte seines Erachtens doch Abstand genommen werden.

Als das Konsilium im Arbeitszimmer noch in vollem Gange war, kam Fandorin herein, im Hausmantel, eine qualmende Zigarre zwischen den Zähnen. Er schickte Masa nach Kaffee und fragte Anissi gelangweilt: »Na, Tulpow, was gibt's bei Ihnen Neues? Wollen Sie mir wieder Reklame für neue technische Wunder v-vorlesen? Oder den Bericht über den Raub einer bronzenen Leier vom Sarg des Grafen Chwostow?«

Anissi wurde verlegen, denn in der Tat hatte er in der »Woche« eine verdächtige Reklame angestrichen, in der die Vorzüge eines »selbstfahrenden Wunder-Velozipeds« mit einem mythischen »inneren Verbrennungsmotor« angepriesen wurden.

»Warum denn nicht, Erast Petrowitsch«, entgegnete er würdevoll und suchte nach etwas Beeindruckendem. »Da, im gestrigen Polizeibericht steht eine interessante Meldung: In Moskau gehen seltsame Gerüchte um, wonach ein schwarzer Zaubervogel zu dem Wirklichen Staatsrat Jeropkin geflogen sei, ihm einen goldenen Ring übergeben und mit menschlicher Stimme zu ihm gesprochen habe. Dabei wird ein Gottesnarr erwähnt, ein wundersamer Knabe namens Paissi oder Pafnuti. Daneben steht eine Randbemerkung des Polizeichefs: ›Das Konsistorium soll die Geistlichen anweisen, in den Kirchengemeinden mit den Gläubigen über die Schädlichkeit des Aberglaubens zu sprechen.‹«

»Zu Jeropkin? Ein schwarzer V-Vogel?« fragte der Chef verwundert. »Zu Samson Charitonowitsch Jeropkin? Sonderbar, sehr sonderbar. Ist es ein hartnäckiges Gerücht?«

»Ja. Hier steht, daß alle den Smolensker Markt erwähnen.«

»Jeropkin ist ein steinreicher Mann und sehr abergläubisch«, sagte Fandorin nachdenklich. »Ich würde hier ein Gaunerstück vermuten, aber Jeropkin hat einen solchen Ruf, daß in Moskau kein Mensch wagen würde, sich mit ihm anzulegen. Er ist ein Verbrecher, ein H-Halunke, wie ihn die Welt noch nicht gesehen hat. Ich habe ihn schon lange auf dem Kieker, aber leider hat Fürst Dolgorukoi mir verboten, ihn anzurühren. Er meint, Halunken gibt es viele, die kann man nicht alle einsperren, doch dieser stiftet freigebig für die Stadtkasse und für wohltätige Zwecke. Also mit menschlicher Stimme hat der Vogel zu ihm gesprochen? Und einen Goldring hatte er im Schnabel? Lassen Sie mal sehen.«

Er nahm Anissi den »Polizeibericht über die Vorkommnisse in der Stadt« aus der Hand und las die angestrichene Stelle:

»Hm. ›Alle Gerüchte erwähnen einen gottseligen Knaben mit reinem Gesicht, goldblondem Haar und einem Hemd so weiß wie Schnee.‹ Wo hätte man je gesehen, daß ein Gottesnarr ein reines Gesicht hat und ein Hemd so weiß wie Sch-Schnee? Und sehen Sie mal, hier heißt es weiter: ›Es werden erstaunlich ausführliche Details angeführt, was sonst bei müßigen Gerüchten nicht der Fall ist.‹ Also, Tulpow, holen Sie sich von Swertschinski ein paar Schnüffler und organisieren Sie eine geheime Überwachung von Jeropkins Haus.

Nennen Sie keine Gründe, sagen Sie, es wäre eine Anordnung Seiner Durchlaucht. Pikbube oder nicht, hier ist eine pfiffige Intrige zu vermuten. Schauen wir uns mal die heiligen Wunder an.«

Den letzten Satz hatte der Hofrat eindeutig in der Tonart Dur gesprochen. Die Nachricht von dem schwarzen Zaubervogel hatte wundertätig auf ihn gewirkt. Er drückte die Zigarre aus und streckte sich forsch, und als Masa mit dem Kaffeetablett hereinkam, sagte er: »Den Kaffee kannst du Tulpow servieren. Wir beide haben uns schon ziemlich lange nicht im Schwertkampf g-geübt.«

Der Japaner erstrahlte, krachte das Tablett auf den Tisch, so daß schwarze Spritzer hochschossen, und raste wie ein geölter Blitz aus dem Arbeitszimmer.

Fünf Minuten später stand Anissi am Fenster und beobachtete schaudernd, wie im Hof zwei nackte Gestalten, nur mit Lendenschurz bekleidet, die Knie leicht eingeknickt, den Schnee zertrampelten. Der Hofrat war schlank und muskulös, Masa dagegen rund wie ein Faß, doch ohne ein Gramm Fett. Die beiden Kämpfer hielten je einen kräftigen Bambusknüppel mit einer runden Parierscheibe am Griff. Mit solch einem Ding konnte man nicht töten, aber verletzen durchaus.

Masa streckte die Hände mit senkrecht gehaltenem »Schwert« nach vorn, stieß einen schrillen Schrei aus und sprang vor. Holz knallte gegen Holz, dann umkreisten die Gegner einander wieder im Schnee. »Brrr«, machte Anissi fröstelnd und nahm einen Schluck von dem heißen Kaffee.

Der Chef stürzte sich auf den Japaner, und das Knallen

der Knüppel wurde zu einem Geknatter. Die Waffen wurden so schnell geschwungen, daß es Anissi vor den Augen flimmerte.

Aber der Kampf dauerte nicht lange. Masa plumpste auf den Hintern und griff sich an den Kopf. Fandorin stand neben ihm und rieb sich die getroffene Schulter.

»He, Tulpow!« rief er vergnügt. »Wollen Sie nicht mitmachen? Ich bringe Ihnen japanisches Fechten bei!«

Besten Dank, dachte Anissi und nahm Deckung hinter der Gardine. Vielleicht ein andermal.

»Sie wollen nicht?« Fandorin schöpfte eine Handvoll Schnee und rieb sich mit sichtlichem Genuß den Bauch ein. »Dann widmen Sie sich wieder Ihrer Arbeit. Genug gefaulenzt.«

Wie findet man das? War es vielleicht Anissi, der zwei Tage lang im Hausmantel herumgehangen hatte?

An Seine Hochwohlgeboren
Herrn Fandorin
26. Februar, zweiter Tag der Observierung

Ich bitte um Entschuldigung für die Handschrift, aber ich schreibe mit Bleistift, und das Papier liegt auf dem Rücken des Agenten Fjodorow. Den Zettel überbringt Agent Sidortschuk. Der Dritte, Lazis, wacht im Schlitten für den Fall einer plötzlichen Ausfahrt des Objekts.

Mit dem Objekt geht etwas Unbegreifliches vor.

In seinem Kontor war er weder gestern noch heute. Vom Koch erfuhr ich, daß seit gestern früh der junge Gottesnarr Paissi im Hause wohnt. Er verzehrt viel Schokolade und sagt, die sei während der Fasten erlaubt. Heute vor Tagesanbruch ist das Objekt, begleitet von Paissi und drei Dienern, mit dem Schlitten weggefahren. In der Jakimanka hat er uns abgeschüttelt und ist in Richtung Kalugaer Tor gefahren, seine Troika ist ausgezeichnet. Wo er war, wissen wir nicht. In der achten Stunde kam er zurück, er trug ein altes Messinggefäß in beiden Händen, es schien schwer zu sein. Das Objekt machte einen erregten, ja, verstörten Eindruck. Wie der Koch sagte, hat er nicht gefrühstückt, sondern sich in seinem Schlafzimmer eingeschlossen und lange mit irgendwas geklirrt. Im Hause wird gemunkelt von einem »riesigen Schatz«, den der Herr gefunden haben soll. Und total absurd: Dem J. soll die Heilige Jungfrau erschienen sein.

Seit Mittag weilt das Objekt hier in der Kirche Unserer Lieben Frau von Smolensk, betet inbrünstig, schlägt vor der Allerheiligsten Ikone mit der Stirn auf den Boden. Der Gottesnarr ist bei ihm. Er sieht genauso aus wie in dem Bericht beschrieben. Ich füge nur hinzu, daß sein Blick lebhaft und aufmerksam ist, nicht wie sonst bei Gottesnarren. Kommen Sie her, Chef, hier braut sich etwas zusammen. Ich schicke jetzt Sidortschuk los und kehre in die Kirche zurück, um zu beten.

Geschrieben um 17.46 Uhr und eine halbe Minute.

A.T.

Fandorin traf kurz nach sieben in der Kirche ein, als das endlose Gebet sich dem Ende näherte. Der vom anstrengenden Beobachtungsdienst ermüdete Tulpow (er trug eine blaue Brille und eine rötliche Perücke, um nicht mit seinem rasierten Schädel für einen Tataren gehalten zu werden) spürte eine Berührung an der Schulter – es war ein schwärzlicher kraushaariger Zigeuner in einem Fellmantel und mit einem Ring im Ohr.

»Hör mal, Kleiner, reich das Gotteslicht weiter«, sagte der Zigeuner, und als Anissi, verdutzt über die familiäre Anrede, ihm die Kerze abnahm, flüsterte der Zigeuner mit Fandorins Stimme: »Ich sehe Jeropkin, aber wo ist der Junge?«

Tulpow klapperte mit den Augen, begriff und zeigte vorsichtig mit dem Finger.

Jeropkin lag auf den Knien, murmelte Gebete und verneigte sich unablässig. Hinter ihm kniete ein schwarzbärtiger Kerl, der wie ein Straßenräuber aussah. Er bekreuzigte sich nicht, sondern langweilte sich und gähnte sogar zweimal ausgiebig, wobei makellos weiße Zähne sichtbar wurden. Rechts von Jeropkin kniete mit gekreuzten Armen und himmelwärts blickenden Augen ein hübscher Knabe, der mit heller Stimme etwas sang. Er trug ein weißes Hemd, doch es war nicht so schneeweiß, wie die Fama berichtete, er mochte es lange nicht gewechselt haben. Anissi hatte einmal beobachtet, wie der Gottesnarr, das Gesicht in Gebetsekstase zu Boden geneigt, rasch ein Stück Schokolade in den Mund schob. Er selbst hatte einen Wolfshunger, aber Dienst ist Dienst. Selbst als er zwischendurch hinausgegangen war, um die Notiz zu schreiben, hatte er sich nicht erlaubt, auf dem Platz ein Fischpastetchen zu kaufen, so gern er es auch getan hätte.

»Warum als Zigeuner?« fragte er flüsternd den Chef.

»Als was sonst, wenn die Walnußfarbe nicht abgeht? Als Mohr vielleicht? Ein Mohr hat bei Unserer Lieben Frau von Smolensk nichts zu s-suchen.«

Fandorin sah Anissi vorwurfsvoll an und sagte dann ohne das geringste Stottern etwas Unglaubliches: »Ich vergaß, Sie auf Ihren wesentlichsten Mangel aufmerksam zu machen, der sich nicht in einen Vorzug umdeuten läßt. Sie haben ein schlechtes visuelles Gedächtnis. Sehen Sie denn nicht, daß dieser Gottesnarr Ihre gute, ja, man kann sagen, intime Bekannte ist?«

»Nein!« Anissi griff sich ans Herz. »Das kann nicht sein!«

»Sehen Sie sich ihr Ohr an. Ich sagte Ihnen schon, daß die Ohren jedes Menschen einmalig sind. Da, das angewachsene rosige Ohrläppchen, die gesamte Kontur von idealem Oval, das kommt selten vor, doch das charakteristischste Detail ist der etwas vorspringende Tragusknorpel. Sie ist es, Tulpow, Ihre georgische Fürstin. Also ist der Pikbube tatsächlich noch frecher, als ich dachte.«

Der Hofrat schüttelte den Kopf, gleichsam verwundert über die Rätsel der menschlichen Natur. Dann sagte er kurz, abgehackt: »Die besten Agenten. Unbedingt Michejew, Subbotin, Sejfullin und weitere sieben Mann. Sechs Schlitten und so gute Pferde, daß Jeropkin sie mit seiner Troika nicht abhängen kann. Strengste Konspiration nach dem Motto ›Feinde ringsum‹, damit die Observierung nicht nur dem Objekt, sondern auch Außenstehenden verborgen bleibt. Höchstwahrscheinlich ist auch der Pikbube hier irgendwo. Von Angesicht kennen wir ihn ja nicht, und seine Ohren hat er uns noch nicht gezeigt. Marsch in die Nikitskaja! Tempo!«

Anissi blickte wie verzaubert auf den schlanken Hals des »Knaben« und auf das ideal ovale Ohr mit dem »Tragusknorpel«, und ihm schlichen Gedanken in den Kopf, die in der Kirche und zumal in den Großen Fasten ganz unzulässig waren.

Er fuhr zusammen, bekreuzigte sich und drängte sich zum Ausgang durch.

Jeropkin betete bis in die Nacht in der Kirche und kehrte erst nach zehn in sein Haus zurück. Vom Dach des Nachbarhauses, wo der Agent Lazis bibberte, war zu sehen, daß im Hof eine geschlossene Schlittenkutsche angespannt wurde. Jeropkin schien trotz der späten Stunde nicht an Nachtruhe zu denken.

Aber Fandorin und Anissi waren auf alles vorbereitet. Von Jeropkins Haus in der Mjortwy-Gasse gab es drei Fahrtrichtungen: zur Kirche Mariä Himmelfahrt auf den Gräbern, zur Starokonjuschenny-Gasse und in die Pretschistenka, und an jeder der drei Kreuzungen standen zwei unauffällige Schlitten.

Die Schlittenkutsche des Staatsrats Jeropkin war niedrig und mit schwarzem Tuch ausgeschlagen. Sie passierte das stabile Eichentor um viertel nach elf und fuhr in Richtung Pretschistenka. Auf dem Bock saßen zwei kräftige Burschen im Halbpelz, und hinten auf dem Wagentritt stand der Schwarzbart.

Der erste der beiden Schlitten an der Ausfahrt zur Pretschistenka nahm gemächlich die Verfolgung auf. Die anderen fünf schlossen sich an und folgten der »Nummer eins« (so hieß die vorderste Staffel der visuellen Observierung im Fachjargon) in respektvollem Abstand. Die Nummer eins hatte hinten ein rotes Licht, das für die folgenden Schlitten weithin zu sehen war.

Fandorin und Anissi saßen in einem leichten Schlitten, der hundert Meter hinter der roten Laterne fuhr. Die übrigen »Nummern« waren zu einer Kette auseinandergezogen. Da gab es einen Bauernschlitten, eine Fuhrmannstroika, ein priesterliches Zweigespann; alle Fahrzeuge waren fest gebaut und hatten Stahlkufen, die Pferde sahen unscheinbar aus, waren jedoch flott und ausdauernd.

Beim Einbiegen in die Uferstraße des Moskwa-Flusses blieb die »Nummer eins« entsprechend der Instruktion zurück, auf ein Signal von Fandorin übernahm »Nummer zwei« die Führung, und »Nummer eins« setzte sich ans Ende. Genau zehn Minuten lang führte die »Zwei«, dann bog sie links ab und machte der »Nummer drei« Platz.

Das strikte Befolgen der Instruktion war in diesem Falle keineswegs überflüssig, denn der schwarzbärtige Räuber auf dem Wagentritt döste nicht, sondern paffte eine Zigarre, und das Wetter machte dem dickfelligen Kerl nichts aus, er trug nicht mal eine Mütze auf seinem zotteligen Kopf, obwohl es windig war und große nasse Flocken wirbelten.

Hinter der Jausa bog die Schlittenkutsche nach links ab, »Nummer drei« fuhr weiter geradeaus und machte der »Vier« Platz.

So folgten sie dem Objekt bis zu dessen Ziel, dem Nowopimen-Kloster, dessen Mauern mit den gedrungenen Wachtürmen in der Nacht weiß schimmerten.

Von weitem war zu sehen, wie sich nach und nach fünf Gestalten von dem Schlitten lösten. Die letzten beiden schleppten etwas, einen Sack, vielleicht auch einen menschlichen Körper.

»Eine Leiche!« flüsterte Anissi. »Ob wir zugreifen?«

»Nicht so schnell«, antwortete der Chef. »Wir müssen erst klarsehen.«

Er verteilte die Schlitten mit den Agenten auf alle strategischen Richtungen und winkte erst dann Anissi, ihm zu folgen.

Vorsichtig näherten sie sich der verlassenen Kapelle und gingen um sie herum. Auf der anderen Seite entdeckten sie vor einer unauffälligen rostigen Tür einen Schlitten und ein Pferd, das an einen Baum gebunden war. Es wandte das Maul Anissi zu und wieherte leise und kläglich, denn es stand wohl schon lange da und langweilte sich.

Fandorin legte das Ohr an die Tür und zog dann für alle Fälle an dem Griff. Überraschenderweise ging die Tür ohne einen einzigen Laut auf. In dem schmalen Spalt flimmerte trübes Licht, und eine schallende Stimme sprach seltsame Worte: »Wohin? Ich verwandle dich in einen Stein!«

»Merkwürdig«, flüsterte der Chef und schloß eilig die Tür. »Die Angeln sind rostig, aber vor kurzem geschmiert worden. Na schön, warten wir, was passiert.«

Fünf Minuten später krachte und polterte es, doch gleich darauf war alles still. Fandorin legte Anissi die Hand auf die Schulter: Nicht jetzt, noch zu früh.

Nach weiteren zehn Minuten schrie eine Frauenstimme gellend: »Feuer! Wir brennen! Helft, gute Leute! Feuer!«

Und eine Männerstimme fiel ein: »Feuer! Wir brennen! Feuer!«

Anissi wollte zur Tür stürzen, aber stählerne Finger erwischten ihn am Rückengürtel und zogen ihn zurück.

»Ich nehme an, das ist einstweilen Theater, und das Wichtigste kommt erst«, sagte der Chef halblaut. »Wir müssen das Finale abwarten. Die Tür ist nicht von ungefähr geschmiert worden, und auch das Pferd langweilt sich hier nicht zufällig. Wir beide, Tulpow, halten hier die Schlüsselstellung. Und Eile ist erst geboten, wenn keine Zeit mehr zu verlieren ist.«

Fandorin hob lehrerhaft den Finger, und Anissi konnte nicht umhin, den Samthandschuh mit den Silberknöpfchen zu bewundern.

Der Hofrat hatte sich für die nächtliche Operation stutzerhaft angezogen: langer Tuchmantel mit Futter aus Biberfell, weißer Schal, Seidenzylinder und in der Hand ein Rohrstock mit Elfenbeinknauf. Anissi trug zwar noch die rötliche Perücke, hatte jedoch erstmalig den Beamtenmantel mit den Wappenknöpfen angelegt und die neue Mütze mit dem Lackschirm aufgesetzt. Aber von Fandorin unterschied er sich, wozu es leugnen, wie der Spatz vom Enterich.

Der Chef wollte noch etwas nicht minder Lehrreiches sagen, doch da erscholl hinter der Tür ein so herzzerreißender, von echter Qual zeugender Schrei, daß Anissi vor Überraschung auch aufschrie.

Fandorins Gesicht spannte sich, er wußte sichtlich nicht, ob er noch warten sollte oder ob dies schon der Moment war, wo keine Zeit mehr zu verlieren war. Sein Mundwinkel zuckte nervös, und er neigte den Kopf zur Seite, als horchte er auf eine für Anissi unhörbare Stimme. Diese Stimme befahl ihm offenbar zu handeln, darum riß er entschlossen die Tür auf und schritt vorwärts.

Das Bild, das sich Anissis Blick bot, war wahrlich beeindruckend.

Über einem Holztisch hing mit gespreizten Beinen an zwei Seilen ein weißbärtiger Greis in Husarenmontur und verrutschtem weißem Gewand. Hinter ihm stand, mit der langen Peitsche wippend, Jeropkins schwarzbärtiger Mordknecht. Jeropkin saß etwas abseits auf einem Stuhl. Vor ihm lag ein vollgestopfter Sack, und an der Wand hockten die beiden Männer, die auf dem Kutschbock gesessen hatten, und rauchten.

Aber all das nahm Anissi nur mit halbem Auge wahr, denn er hatte sofort das zierliche Figürchen bemerkt, das leblos, mit dem Gesicht nach unten, am Boden lag. Mit drei Sprüngen war Anissi um den Tisch herum, stolperte über einen schwergewichtigen Folianten, hielt sich aber auf den Beinen und kniete sich neben der Liegenden hin.

Nachdem er sie mit zitternden Händen auf den Rücken gedreht hatte, öffneten sich die blauen Augen in dem bleichen Antlitz, und die rosigen Lippen murmelten: »So was von rothaarig …«

Gott sei Dank, sie lebte!

»Was ist denn das hier für eine Folterkammer?« hörte er hinter sich die ruhige Stimme Fandorins, und er richtete sich auf, eingedenk seiner Pflicht.

Jeropkin blickte verdattert auf den Stutzer mit dem Zylinder und auf den behenden kleinen Beamten.

»Wer seid ihr?« fragte er drohend. »Komplizen? Kusma, los!«

Der Schwarzbart machte mit der Hand eine kaum erkennbare Bewegung, und ein blitzschneller Schatten zuckte, die Luft zerschneidend, zum Hals des Hofrats. Fandorin riß den Rohrstock hoch, und die Peitschenschnur wickelte sich rasend schnell um das lackierte Holz. Ein kurzer Ruck, die Peitsche war der Riesenpranke des bärigen Kusma entrissen und befand sich in Fandorins Hand. Der wickelte gemächlich das straffe Leder ab, warf den Rohrstock auf den Tisch und zerriß ohne ersichtliche Anstrengung, nur mit den Fingern die Lederschnur in kleine Fetzen. Während er Stückchen für Stückchen zu Boden fallen ließ, entwich gleichsam die Luft aus Kusma. Er zog den zottigen Schädel zwischen die mächtigen Schultern und schob sich rückwärts zur Wand.

»Die Kapelle ist von Polizeiagenten umstellt«, sagte Fandorin, nachdem er mit der Peitsche fertig war. »Diesmal werden Sie sich für Ihre Willkür verantworten, Jeropkin.«

Aber diese Mitteilung ließ den Blutsauger ungerührt.

»Nichts ist«, fauchte er. »Das wird mit Geld erledigt.«

Der Hofrat holte Luft und stieß in die silberne Pfeife. Auf den schrillen Laut hin kamen die Agenten in die Kapelle gepoltert.

»Die werden aufs Revier gebracht.« Er zeigte auf Jeropkin und seine Gehilfen. »Ein Protokoll. Was ist in dem Sack?«

»Der gehört mir«, sagte Jeropkin schnell.

»Was ist drin?«

»Geld. Zweihundertdreiundachtzigtausendfünfhundertzwei Rubel. Mein Geld, Gewinn aus dem Handel.«

»Solch ein hübscher Betrag in einem Sack?« fragte Fandorin kühl. »Haben Sie darüber Finanzdokumente? Herkunftsnachweise? Steuerbescheinigungen?«

»Mein Herr, auf ein Wort ...« Jeropkin sprang vom Stuhl auf und eilte auf den Hofrat zu. »Ich weiß doch Bescheid ...« Er flüsterte: »Zweihunderttausend für mich, das Übrige zu Ihrer Verfügung.«

»Abführen«, gebot Fandorin und wandte sich ab. »Ein Protokoll. Das Geld zählen und ordnungsgemäß verbuchen. Die Akzisebehörde soll sich darum kümmern.«

Als die vier Festgenommenen weggebracht waren, ertönte plötzlich eine muntere, allenfalls leicht belegte Stimme: »Das ist natürlich edel, die Bestechung abzulehnen, aber soll ich hier noch lange hängen wie ein Sack? Ich habe schon Kringel vor den Augen.«

Anissi und Fandorin faßten den Hängenden bei den Schultern, und das wiederauferstandene Fräulein – hieß sie nicht Mimi? – stieg auf den Tisch und löste die Seile.

Der Märtyrer wurde auf den Fußboden gesetzt. Fandorin riß ihm den falschen Bart und die weiße Perücke ab, und zum Vorschein kam ein Durchschnittsgesicht: eng beieinander sitzende graublaue Augen, helle Haare mit ausgeblichenen Spitzen, eine ausdruckslose Nase, ein etwas fliehendes Kinn – alles so, wie Fandorin es beschrieben hatte. Von dem Blutandrang war das Gesicht puterrot, aber die Lippen verzogen sich sofort zu einem Lächeln.

»Machen wir uns bekannt?« fragte der Pikbube fröhlich. »Ich hatte wohl noch nicht die Ehre …«

»Ach, auf den Sperlingsbergen, das waren nicht Sie?« Der Chef nickte verständnisvoll. »So, so.«

»Auf welchen Bergen?« fragte der Spitzbube frech. »Ich bin der Husarenkornett Kurizyn im Ruhestand. Soll ich Ihnen meinen Ausweis zeigen?«

»Später«, sagte der Hofrat kopfschüttelnd. »Bitte sehr, ich stelle mich gern nochmals vor. Ich bin Erast Petrowitsch Fandorin, Beamter für Sonderaufträge beim Moskauer Generalgouverneur und kein besonderer Liebhaber von unverschämten Streichen. Und das ist mein G-Gehilfe Anissi Tulpow.«

Da der Chef wieder leicht stotterte, dachte sich Anissi, daß die schlimmste Anspannung vorüber sei, und erlaubte sich die kleine Schwäche, einen verstohlenen Blick auf Mimi zu werfen.

Siehe da, auch sie blickte ihn an. Mit einem leichten Seufzer wiederholte sie: »Anissi Tulpow. Schön. Damit kannst du im Theater auftreten.«

Plötzlich zwinkerte Momus – er war es natürlich – Anissi ungeniert zu und streckte ihm die spatenbreite und erstaunlich rote Zunge heraus.

»Nun, Herr Momus, wie verfahre ich jetzt mit Ihnen?« fragte Fandorin und sah zu, wie Mimi ihrem Gefährten die Schweißtropfen von der Stirn wischte. »Nach dem Gesetz oder der G-Gerechtigkeit?«

Der Pikbube überlegte ein wenig.

»Wenn wir uns nicht heute zum erstenmal gegenüberstünden«, sagte er dann, »sondern schon einige Erfahrungen miteinander hätten, würde ich mich selbstredend völlig auf Ihre Barmherzigkeit verlassen, denn in Ihnen erkennt man sofort den feinfühligen und vornehmen Menschen. Sie würden zweifelsohne die von mir durchgestandenen seelischen und physischen Martern berücksichtigen, aber auch den unappetitlichen Anblick des Subjekts, über das ich mich so erfolglos lustig gemacht habe. Doch die Umstände haben sich so gefügt, daß ich mit Ihrer Menschlichkeit keinen Mißbrauch zu treiben brauche. Mich deucht, daß ich die strenge Umarmung des Gesetzes nicht zu fürchten habe. Seine schweinische Exzellenz Samson Jeropkin dürfte mich kaum bei Gericht verklagen wegen meines harmlosen Streichs. Es läge nicht in seinem Interesse.«

»In Moskau ist das Gesetz Seine Durchlaucht Fürst Dolgorukoi«, erwiderte Fandorin dem Frechling im gleichen Ton. »Oder glauben Sie, Herr Pikbube, allen Ernstes an die Unabhängigkeit der Gerichtsinstanzen? I-Ich darf Sie daran erinnern, daß Sie den Generalgouverneur schwer beleidigt haben. Und was ist mit dem Engländer? Die Stadt muß ihm hunderttausend zurückzahlen.«

»Verehrter Erast Petrowitsch, ich weiß zwar nicht, von was für einem Engländer Sie reden.« Der Gerettete breitete die Arme aus. »Aber für Seine Durchlaucht empfinde ich aufrichtige Hochachtung. Ich schätze zutiefst sein gefärbtes Grauhaar. Wenn Moskau Geld braucht, nun, ich habe für die Stadtkasse einen ganzen Sack voll erbeutet. Jeropkin hat aus Habgier gesagt, das Geld gehöre ihm, doch wenn er sich abgekühlt hat, wird er es bestreiten. Ich habe keine Ahnung, wird er sagen. Und die Summe unbekannter Herkunft kann für Moskauer Bedürfnisse verwendet werden. Dafür dürfte mir ein Prozentchen Provision zustehen.«

»Na ja, das klingt vernünftig«, sagte der Hofrat nachdenklich. »Immerhin haben Sie der Gräfin Ariadna Arkadjewna ihre Sachen zurückgegeben. Und auch meinen Rosenkranz nicht vergessen ... Nun gut. Also nach dem Gesetz. Werden Sie auch nicht bereuen, daß Sie meine Gerechtigkeit ausgeschlagen haben?«

Das Gesicht des unauffälligen Herrn zeigte Unschlüssigkeit.

»Gehorsamsten Dank, aber wissen Sie, ich bin es gewohnt, mich auf mich selbst zu verlassen.«

»Na, wie Sie meinen«, sagte Fandorin achselzuckend und warf lässig hin: »Sie können sich zum Teufel sch-scheren.«

Anissi erstarrte. Der Pikbube sprang hurtig auf die Füße, als fürchte er, der Beamte könne es sich anders überlegen.

»Besten Dank! Ich schwöre, mich nie wieder in dieser Stadt blicken zu lassen. Überhaupt habe ich mein rechtgläubiges Vaterland satt. Komm, Mimi, wir wollen dem Herrn Fandorin nicht länger auf die Nerven fallen.«

Fandorin hob die Hand.

»Ihre Begleiterin kann ich leider nicht ziehen lassen. Wenn es nach dem Gesetz gehen soll, ist da noch die Sache mit der Lotterie. Es gibt Geschädigte, es gibt Zeugen. Eine Begegnung mit dem Richter ist da unvermeidlich.«

»Oi!« schrie das Mädchen so kläglich, daß Anissi beklommen ums Herz wurde. »Momtschik, ich will nicht ins Gefängnis!«

»Da kann man nichts machen, Kleines, Gesetz ist Gesetz«, antwortete der Spitzbube herzlos und wich sacht zur Tür. »Keine Bange, ich kümmere mich um dich. Du kriegst den teuersten Anwalt, wirst sehen. Ich kann also gehen, Erast Petrowitsch?«

»Halunke!« stöhnte Mimi. »Halt! Wo willst du hin?«

»Ich gedenke, nach Guatemala zu gehen«, plauderte »Momtschik« lebensfroh. »Ich habe in der Zeitung gelesen, daß es dort wieder einen Umsturz gegeben hat. Den Guatemalteken hängt die Republik zum Halse heraus, und sie suchen einen deutschen Prinzen für ihren Thron. Vielleicht eigne ich mich dafür?«

Er winkte und verschwand durch die Tür.

Die Gerichtsverhandlung gegen die ledige Maria Nikolajewna Maslennikowa, vormals Schauspielerin an Petersburger Theatern, angeklagt wegen Betrugs, verbrecherischer Absprache und Flucht aus der Haft, fand Ende April statt, in der gesegneten nachösterlichen Zeit, in der die Zweige saftige Knospen ansetzen und an den Rändern der noch schlammigen, doch schon trocknenden Landstraßen das erste Grün hervorschaut.

In der Öffentlichkeit fand der Prozeß kaum Interesse, denn es war keiner von den großen Fällen, gleichwohl saß im Saal ein halbes Dutzend Reporter; es gingen ja vage, doch hartnäckige Gerüchte um, wonach die unrühmliche Affäre mit der Lotterie irgendwie mit den berühmten Pikbuben zusammenhing, darum hatten die Redaktionen für alle Fälle ihre Vertreter entsandt.

Anissi war als einer der ersten gekommen und hatte einen Platz nahe der Anklagebank gefunden. Er war tüchtig aufgeregt, denn er hatte in den letzten beiden Monaten recht oft an das fröhliche Fräulein Mimi und an ihr unglückliches Los gedacht. Jetzt also stand die Lösung des Knotens bevor.

In der Zwischenzeit hatte es im Leben des einstigen Botengängers erhebliche Veränderungen gegeben. Nachdem Fandorin den Pikbuben hatte laufenlassen, kam es zu einer unangenehmen Auseinandersetzung mit dem Generalgouverneur. Der Fürst geriet in unbeschreibliche Wut, wollte nichts hören und schalt den Hofrat sogar einen »Lausejungen« und »Rechtsbrecher«. Ungesäumt reichte der Chef seinen Abschied ein, welchselben er jedoch nicht erhielt, denn als Fürst Dolgorukoi wieder einen kühlen Kopf hatte, begriff er, welche Peinlichkeiten ihm der Beamte für Sonderaufträge durch seine Umsicht erspart hatte. Die Aussagen des Pikbuben in der Sache Lord Pitsbrook würden den Fürsten lächerlich gemacht haben, und nicht nur in den Augen der Moskowiter, sondern auch in den höchsten Sphären, wo der widerborstige Statthalter nicht wenige Feinde hatte, die nur auf eine Schlappe lauerten. Und in eine lächerliche Lage zu geraten, das war noch schlimmer als eine Schlappe, namentlich wenn man schon sechsundsiebzig war und einen beneidenswerten Posten innehatte.

Der Generalgouverneur kam denn auch in den Seitenflügel in der Kleinen Nikitskaja, bat Fandorin um Verzeihung und gab ihn sogar für den Wladimir-Orden ein, natürlich nicht wegen des Pikbuben, sondern für »vorbildlichen Diensteifer und besondere Bemühungen«. Von der Freigebigkeit des Fürsten fiel auch für Anissi eine stattliche Belohnung ab. Sie reichte aus, sich in der neuen Wohnung einzurichten, Sonja zu verwöhnen und eine komplette Uniformausrüstung anzuschaffen. Aus dem einfachen Anissi war ein »Wohlgeboren« geworden, der Kollegienregistrator Anissi Pitirimowitsch Tulpow.

So erschien er denn zur Gerichtsverhandlung in seiner nagelneuen, zum erstenmal angelegten Sommeruniform des Zivilbeamten. Bis zum Sommer war es zwar noch eine Weile hin, aber Anissi machte in dem weißen Uniformrock mit den goldgeränderten Kragenspiegeln doch allerhand her.

Als die Angeklagte hereingeführt wurde, fiel ihr sogleich die weiße Montur ins Auge, sie lächelte Anissi traurig zu wie einem alten Bekannten und nahm gesenkten Kopfes Platz. Ihr Haar, noch nicht richtig nachgewachsen, war im Nacken zu einem kleinen Dutt gesteckt. Mimotschka (so nannte Anissi sie für sich) trug ein braunes Kleid, in dem sie wie eine Gymnasiastin aussah, die vor dem gestrengen pädagogischen Rat zu erscheinen hat.

Als Anissi sah, daß die Geschworenen das bescheidene Mädchen mitfühlend betrachteten, schöpfte er ein wenig Mut. Vielleicht fiel das Urteil nicht gar so hart aus?

Allein, die Rede des Staatsanwalts stürzte ihn in Entsetzen. Der Ankläger, ein rotwangiger Ehrgeizling und gnadenloser Karrierist, zeichnete von Mimi ein Bild in den scheußlichsten Farben, beschrieb ausführlich die zynische Verwerflichkeit der »wohltätigen Lotterie« und forderte für die Angeklagte drei Jahre Zwangsarbeit plus fünf Jahre anschließender Ansiedlung in Sibirien.

Der versoffene Knattermime, der in der Lotterie den Vorsitzenden gespielt hatte, wurde vom Gericht wegen geringfügiger Schuld freigesprochen und trat als Zeuge der Anklage auf. Es sah so aus, als sollte Mimi allein für alle anderen büßen. Sie legte das goldblonde Köpfchen auf die gekreuzten Arme und weinte lautlos.

Da faßte Anissi einen Entschluß. Er würde ihr nach Sibirien folgen, sich eine Stelle suchen und die Ärmste mit seiner Treue und Liebe seelisch stärken. Später, wenn man sie vorfristig freiließe, würden sie heiraten, und dann ... Dann würde alles sehr schön.

Und Sonja? fragte sein Gewissen. Willst du deine leibliche Schwester ins Armenhaus geben, die Behinderte, die niemand braucht?

Nein, antwortete Anissi seinem Gewissen. Ich werde mich Erast Petrowitsch zu Füßen werfen, er ist ein edler Mensch, er wird es verstehen.

Mit Sonja war einstweilen alles ganz gut geregelt. Fandorins neues Stubenmädchen, die vollbusige Palascha, hatte das arme Mädchen sogar ins Herz geschlossen. Sie versorgte Sonja, paßte auf sie auf, flocht ihr die Zöpfe. Sonja konnte sogar schon ein paar Wörter sprechen: »Schleife«, »Kamm«. Der Chef würde das Waisenkind bestimmt nicht im Stich lassen, und später, sobald er sich etabliert hatte, würde Anissi sie zu sich nehmen.

Jetzt erteilte der Richter dem Verteidiger das Wort, und Anissi blickte den Rechtsanwalt hoffnungsvoll an.

Der war, ehrlich gesagt, recht häßlich: schwarze Haare, krummer Rücken, lange Schniefnase. Es hieß, ein Unbekannter habe ihn bei der berühmten Petersburger Kanzlei »Rubinstein und Rubinstein« engagiert, und er gelte als Koryphäe für Kriminalfälle. Aber sein Aussehen nahm nicht eben für ihn ein. Als er vortrat, nieste er erst mal lautstark in sein rosarotes Schnupftuch, gab sogar einen Rülpser von sich und flößte Anissi ein ungutes Vorgefühl ein. Der Schurke Momus hatte an dem Geld für einen guten Anwalt gespart und diesen unansehnlichen Mickerzwerg geschickt, der dazu noch ein Jude war. Die judenfeindlichen Geschworenen starrten ihn finster an, sie würden ihm kein Wort glauben.

Anissis Nachbar zur Linken, ein Herr mit buschigem Vollbart und Goldrandbrille, der wie ein Kalmücke aussah, musterte den Advokaten kopfschüttelnd und raunte Anissi verschwörerisch zu: »Der verdirbt alles, Sie werden sehen.«

Der Verteidiger stellte sich mit dem Gesicht zu den Geschworenen auf, stemmte die Hände in die Hüften und sprach mit singendem Akzent: »Herr Richter, meine Herren Geschworenen, können Sie mir erklären, worüber der da eine geschlagene Stunde lang geredet hat?« Er zeigte geringschätzig mit dem Daumen auf den Staatsanwalt. »Ich wüßte gern, was das ganze Hickhack soll. Wofür wird das Geld ehrlicher Steuerzahler wie Sie und ich hier verschwendet?«

Die »ehrlichen Steuerzahler« musterten den hemdsärmeligen Schwätzer mit unverhohlenem Abscheu, doch das focht den Advokaten nicht im geringsten an.

»Was hat die Anklage in der Hand?« fragte er skeptisch. »Ein Gauner, den unsere ruhmreiche Polizei, unter uns gesagt, nicht erwischt hat, plant einen Bubenstreich. Er engagiert dieses nette, bescheidene Fräulein für den Verkauf der Eintrittskarten und sagt ihr, das Geld diene wohltätigen Zwecken. Sehen Sie sich dieses junge Mädchen an, meine Herren Geschworenen. Ich beschwöre Sie, kann man dieses unschuldige Wesen eines Verbrechens verdächtigen?«

Die Geschworenen betrachteten die Angeklagte. Auch Anissi sah hin – und seufzte. Die Sache schien verloren. Ein anderer würde das Gericht wohl erweicht haben, nicht aber diese Langnase.

»Das glauben Sie doch selber nicht.« Der Verteidiger machte eine wegwerfende Handbewegung. »Sie ist genauso geschädigt wie die anderen, sogar noch mehr, denn die Kasse der sogenannten Lotterie wurde beschlagnahmt, und alle, die ein Eintrittsbillett vorweisen konnten, bekamen ihr Geld zurück. Richten Sie dieses junge Geschöpf nicht zugrunde, meine Herren Geschworenen, verurteilen Sie sie nicht zu einem Leben unter Verbrechern.«

Der Advokat nieste wieder und zog einen Stoß Papiere aus seiner Aktentasche.

»Schwach«, kommentierte Anissis Nachbar kaltblütig. »Das Mädchen wird verurteilt. Wollen wir wetten?« fragte er mit einem Augenzwinkern.

Der findet das auch noch lustig! Anissi rückte ärgerlich ab und machte sich auf das Schlimmste gefaßt.

Aber der Verteidiger war noch nicht fertig. Er zupfte an seinem Graf-Beaconsfield-Spitzbart und drückte treuherzig die Hand an sein nicht ganz frisches Hemd.

»Ungefähr so würde ich zu Ihnen gesprochen haben,

meine Herren Geschworenen, wenn es überhaupt etwas zu reden gäbe. Das ist aber nicht der Fall, denn ich habe hier«, er schwenkte die Papiere, »Erklärungen von sämtlichen Klägern. Sie alle ziehen ihre Klage zurück. Stellen Sie das Verfahren ein, Herr Vorsitzender. Es gibt nichts zu richten.«

Der Anwalt trat zum Richter und knallte ihm die Erklärungen auf den Tisch.

»Sehr geschickt«, flüsterte Anissis Nachbar hingerissen. »Na, was sagt der Staatsanwalt?«

Der Staatsanwalt sprang auf und schrie mit vor Zorn überschnappender Stimme: »Das ist Bestechung! Ich werde es beweisen! Das Verfahren darf nicht eingestellt werden! Der Fall ist von gesellschaftlicher Relevanz!«

Der Verteidiger drehte sich zu dem schreienden Staatsanwalt um und äffte ihn nach: »›Bestechung! Bestechung!‹ Sieh mal an, ein neuer Cato. Es wäre billiger, Sie zu kaufen, Herr Ankläger. Jeder weiß, daß Ihr Preis nicht hoch ist. Ich habe hier übrigens auch eine Quittung von Ihnen. Wo ist die denn? Ah, hier.« Er zog noch ein Papier aus der Aktentasche und hielt es dem Richter unter die Nase. »Für nur tausendfünfhundert hat unser Staatsanwalt dem Heiratsschwindler Brutjan eine polizeiliche Maßnahme verraten und ihm damit die Flucht ermöglicht.«

Der Staatsanwalt griff sich ans Herz und sank auf seinen Stuhl. Im Saal erhob sich Stimmengewirr, und die Reporter, eben noch gelangweilt, fuhren auf und kritzelten in ihre Notizblöcke.

Der Richter läutete die Glocke und blickte irritiert auf die Quittung, der unangenehme Verteidiger aber machte eine ungeschickte Bewegung, da fielen aus seiner unergründlichen Aktentasche ein paar Photos auf den Richtertisch. Was darauf abgebildet war, konnte Anissi nicht sehen, doch der Richter wurde plötzlich kreideweiß und starrte mit schreckgeweiteten Augen auf die Photos.

»Ich muß mich entschuldigen«, sagte der Verteidiger und sammelte ohne Eile die Photos ein. »Das hat mit unserem heutigen Fall nichts zu tun. Die Photos gehören zu einem anderen Fall – Unzucht mit minderjährigen Jungen.«

Anissi hatte den Eindruck, daß der Anwalt die Wörter »heutigen« und »anderen« auffällig betont hatte, aber das lag vielleicht auch an seiner eigenartigen Aussprache.

»Also, stellen wir das Verfahren ein?« fragte der Anwalt, sah dem Richter direkt in die Augen und nahm die restlichen Photos vom Tisch. »Mangels einer strafbaren Handlung?«

Gleich darauf wurde der Prozeß für geschlossen erklärt.

Anissi stand aufgewühlt auf der Vortreppe und wartete, daß der fabelhafte Advokat und die Freigesprochene herauskämen.

Und da waren sie: Mimi lächelte nach rechts und links und sah gar nicht mehr unglücklich und kläglich aus. Der Anwalt, gebückt gehend, führte sie am Arm, und mit der anderen Hand, in der er die Aktentasche hielt, wehrte er die Reporter ab.

»Ich habe euch satt!« rief er ärgerlich, indes er seiner Begleiterin in die Kutsche half.

Anissi wollte zu Mimi treten, aber sein Nachbar, der interessierte Kommentator des Prozesses, kam ihm zuvor.

»Sie werden's weit bringen, Kollege«, sagte er zu Mimis langnasigem Retter, klopfte ihm gönnerhaft auf die Schulter und schritt davon, gewichtig mit dem Rohrstock klappernd.

»Wer war das?« fragte Anissi den Gerichtsdiener.

»Aber-aber«, antwortete der mit grenzenloser Ehrfurcht. »Herr Plewako persönlich, Fjodor Nikiforowitsch.«

In diesem Moment ließ sich Mimi auf den gefederten Sitz fallen. Sie drehte sich um und schickte Anissi eine Kußhand. Auch der Anwalt drehte sich um. Er musterte finster den jungen Beamten mit den abstehenden Ohren, und plötzlich zog er eine Grimasse und streckte eine breite knallrote Zunge heraus.

Der Wagen polterte fröhlich über das Kopfsteinpflaster.

»Halt! Halt!« schrie Anissi und stürzte hinterher, aber konnte er den Wagen einholen?

Wozu auch?